KB114836

아우스

마도 시대의 시작

FUSION FANTASTIC STORY

강준현 장편소설

아우스 : 마도 시대의 시작 11

강준현 장편소설

초판 1쇄 찍은 날 § 2018년 2월 9일
초판 1쇄 펴낸 날 § 2018년 2월 16일

지은이 § 강준현
펴낸이 § 서경석

편집책임 § 이지연

펴낸곳 § 도서출판 청어람
등록번호 § 제387-1999-000006호
등록일자 § 1999. 5. 31
어람번호 § 제1-2847호

주소 § 경기도 부천시 부일로 483번길 40 서경B/D 3F (우) 14640
전화 § 032-656-4452 팩스 § 032-656-4453
http://www.chungeoram.com
E-mail § chungeorambook@daum.net

ⓒ 강준현, 2017

ISBN 979-11-04-91644-1 04810
ISBN 979-11-04-91321-1 (세트)

아우스

마도 시대의 시작

FUSION FANTASTIC STORY

강준현 장편소설

11

[완결]

Contents

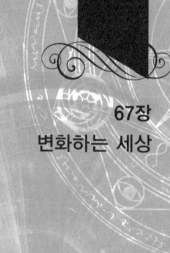

67장
변화하는 세상

발칸 시티의 시민들이 몇 명을 제외하고 모두 죽은 대참사가 일어난 지 4년.

　　서대륙은 조금씩 바뀌고 있었다.

　　사회적인 변화 중 가장 대표적인 건 황제와 왕 위에 신이라는 존재가 있음을 거의 모든 사람이 알게 되면서 귀족들의 권위는 상당히 낮아졌다는 것이다.

　　그렇게 된 데에 결정적인 영향을 끼친 것은 아라교였다.

　　아라교의 신도는 귀족으로부터 자유롭다는 소문이 퍼지면서 너 나 할 것 없이 아라교를 믿었고 무슨 이유에서인지 귀족들은 그들을 방치했다.

생활적인 변화는 사회적인 변화보다 더 빨랐다.

마나차와 마법 엔진이라는 획기적인 물건이 발명되면서 안 그래도 점점 싸지던 마법 물품들이 더욱 싸게 시장에 풀렸고, 하루가 멀다 하고 새로운 마법 물품들이 공장에서 쏟아져 나왔다.

그렇게 대도시부터 시작된 변화가 점점 작은 시골 영지까지 퍼져 나갔다.

빵빵!

멀지 않은 곳에서 들리는 경적 소리에 젠느는 뒤를 돌아보았다.

세 대의 마나차가 신나게 달려오고 있었다.

"이젠 이곳에까지 마나차가 들어왔구나."

"그러네요, 젠느 님."

아기를 안고 있던 유모는 마나차가 신기한 듯 눈을 떼지 못하고 대답했다.

"감히! 공작 부인과 아기씨의 행차를 보고 경적을 울리다니, 네 이놈들을!"

성격이 괄괄한 부기사단장이 당장 검을 빼어 들고 마나차를 날려 버릴 듯이 굴었다.

"놔둬요. 어느 귀족가에서 호수로 드라이빙 온 모양인데 서로 얼굴을 붉혀서야 되겠어요."

마나차는 비쌌다. 그래서 부유한 귀족이나 상인이 아니고
서는 엄두를 내기 힘들었다.

"···예, 공작 부인. 유모는 안쪽으로 들어오시오. 행여나 아
기씨 다치겠소."

한데 마나차는 산책 나온 젠느 일행의 옆에 와서야 속도를
줄였다.

마나차에 타고 있는 이의 얼굴을 가장 먼저 발견한 이는 마
나차에서 시선을 떼지 못하던 유모였다.

"어머! 젠느 님, 에리안 님이세요."

"응? 에리안이?"

돌아보니 막 차에서 늘씬한 몸매가 드러나는 기사 복장의
에리안이 내리고 있었다.

"젠느 언니, 오랜만이에요!"

에리안은 성큼성큼 다가와 젠느와 포옹했다.

"에리안, 어서 와. 설마 마나차를 끌고 여기까지 온 것은 아
닐 테고?"

마나차는 워낙 다양한 마법진이 포함되어 있어서 텔레포트
탑에서 이동이 불가능했다.

"아우스가 전에 왔을 때 텔레포트 기능을 넣어달라고 부탁
했어요."

"허~ 텔레포트가 가능한 마나차라고?"

"어디 텔레포트 마법진뿐이겠어요? 방어막이 웬만한 성벽보

다 튼튼해요. 거기에 위장 기능, 아공간 수납 공간, 간이용 화장실 기능 등등 차 타고 대륙을 돌 수 있을 만큼 완벽해요."

차의 기능을 하나하나 짚어가며 설명했다.

유모는 물론 기사단까지 집중하고 있었지만 젠느는 어지러울 뿐이었다.

"다른 거 다 모르겠다 싶으면 핸들 앞에 수정구가 있죠? 거기에 손을 올리고 명령해도 가능해요. 하지만 직접 운전하길 강력 추천해요. 넓은 지역을 달릴 때의 기분은 정말 좋거든요."

"…후후! 좋아 보이네."

"영혼이 없어요, 영혼이."

"아냐, 진심이야. 정말 부러운 마나차야. 나도 하나 있었으면 싶을 정도야."

예의상 한 말이었다. 그녀는 걷는 것이 좋았다.

한데 노림수였나.

에리안은 활짝 웃으며 말했다.

"저기 뒤에 있는 마나차는 언니랑 베루 것이에요."

"고맙긴 한데 좁은 영지에서만 지내는데 웬 마나차. 그냥 가져가려무나."

"방금 갖고 싶다고 말했던 것 같은데요?"

"휴우~ 솔직히 말할게. 나한텐 필요 없어."

"타고 다녀보면 달라질걸요. 아마 크라운 시티까지 여행하고 싶을 거예요. 아무튼 전달했으니 알아서 해요. 그나저나 율리는 잘 있어요?"

길게 얘기해 봐야 소용이 없다는 걸 아는 에리안은 조르르 달려와 유모의 품에서 잠든 율리를 보며 환하게 웃었다.

"어머나! 지난번에 봤을 때보다 더 컸네요. 자는 모습이 딱 젠느 언니네요."

"내가 볼 땐 아우스를 닮았던데."

"어디가 그 인간을 닮아요? 딱 언니라니까요."

율리는 아우스와 젠느 사이에 난 딸로 태어난 지 13개월 차다.

"그래, 나 닮았다고 해. 근데 진짜 무슨 일이야?"

"마나차 갖다 줄 겸 휴가 왔어요. 한 일주일 푹 쉬다가 가려고요."

"적적하던 차에 잘됐네. 호수에서 차를 마실래?"

"호호! 그 때문에 온걸요. 배가 있는 곳까지 마나차로 가요."

"정말 고집 하나는 세구나. 고맙게 받을게."

"사용법을 가르쳐 드릴게요. 이리 와서 앉아봐요."

"아무리 네가 안전하다고 해도 다른 사람이 다칠 수 있는데 함부로 하면 안 되지. 나중에 저택에 가서 배우기로 하고 지금은 그냥 가자."

"알았어요. 사용법은 집에 가서 가르쳐 줄게요. 에젤도 율리랑 타."

"꺅! 정말이요? 감사해요, 에리안 님."

"저희는……?"

부기사단장은 차에 오르는 에리안을 보며 물었다. 그의 시선이 연신 뒤에 있는 마나차로 향하는 걸 보니 어지간히 타보고 싶은 모양이다.

"기사님들은 뒤차에 타요."

모두 차에 오르자 선착장으로 향했다.

"시원해."

젠느는 차창으로 들어오는 바람을 맞으며 중얼거렸다. 걸을 때완 또 다른 느낌이라 좋았다.

"호호! 제가 좋아할 거라고 말했죠?"

선착장은 멀지 않은 곳에 있어 금방 도착했다.

"더 타고 싶은데 아쉬워요."

에젤은 차가 정말 마음에 들었나 보다.

"나중에 실컷 타게 될걸. 기사님들은 여기에 대기해 주세요."

널찍한 배엔 에리안과 젠느, 에젤과 배를 움직이는 뱃사공만 탔다.

"아~ 역시 좋네요. 이런 자유가 얼마나 그리웠는지 몰라요."

차를 마시며 에리안이 말했다.

"아직도 바빠?"

수도에서 아버지를 도와 제국 안정화에 힘쓰던 젠느의 경우는 1년 정도 돕다가 다시 트론벤으로 돌아왔다. 그에 반해 에리안은 여전히 프링크가의 일을 열성적으로 하고 있었다.

"그동안 바퀴 두 개 달린 '마나바이크'라는 제품을 개발했거든요."

"마나바이크?"

"두 발 달린 마나차라고 생각하면 돼요. 나중에 만들어지면 보내줄게요. 에젤 것도. 단 율리를 데리고 타면 안 된다. 바이크는 꽤 위험해."

에젤의 간절한 눈빛을 외면할 수 없었다.

"물론이죠. 감사해요, 에리안 님!"

"개발은 완료했어?"

"네. 완성하고 휴가 온 거예요. 휴가 끝나고 가면 그와 관련된 공장을 만들고 돌려야 해요."

"…일 중독자 같으니라고. 7서클 마스터니 건강이야 괜찮겠지만 그러다간 정신적으로 쓰러져."

"호호! 운동도 열심히 해요."

이런저런 얘기를 하며 시간을 보내고 있는데 유모 에젤에게 안겨 자고 있던 율리가 깨어났다.

"으에엥!"

잠시 두리번거리다 깨어난 율리는 뭐가 마음에 안 드는지 울음을 터뜨렸다.

"드디어 일어났구나! 배고파서 깼어요? 에젤, 내가 먹일게. 언니, 그래도 되죠?"

"물론이지."

에리안은 사랑스러운 눈빛으로 율리를 보며 죽처럼 생긴 이유식을 율리에게 먹였다.

"어휴~ 이 오물거리는 입 좀 봐요!"

에리안이 율리를 예뻐하는 모습을 보는 젠느의 눈빛은 깊게 가라앉았다.

율리는 한참 이유식을 맛있게 먹다가 졸린지 다시 꾸벅꾸벅 졸았다.

에리안은 가볍게 토닥여 트림을 하게 한 후 에젤에게 다시 율리를 넘겼다.

"너도 얼른 아이를 가져야 할 텐데……."

"…임신하는 게 쉽지 않을 것 같아요."

에리안은 담담하게 말했지만 표정만은 감추기 힘든 듯 고개를 돌려 호수를 봤다.

"왜? 몸이 안 좋대?"

"그게 아니라 너무 건강해서 그렇다네요."

"너무 건강해서 임신이 안 된대? 누가 그래?"

"슈린 후작님이 그러셨어요."

타칸은 공작, 슈린은 후작이 됐다.

에리안은 긴 한숨을 뱉으며 말을 이었다.

"후우~ 신체 재구성을 이루면 아이를 가지기 힘든 몸이 된다고 하더라고요. 8서클이 되면 더욱 힘들어지고요. 그래서 수련은 멈췄어요."

오래 살게 되는 몸이 되면서 후손을 남겨야 한다는 본능이 약해져 버리는 것이었다.

"슈린 후작에게 아이가 없나?"

"아뇨. 있어요. 그녀는 7서클이 되기 전에 아이를 낳았다더라고요. 7서클이 된 후엔 노력해도 안 됐대요."

"주변에 7서클 이상의 여자가 없어서 잘 몰랐네. 가만, 근데 여자만 그런 거야?"

"아뇨, 남녀 모두 그래요."

"그렇다면 아우스도 마찬가지 아닌가?"

"마찬가지죠."

"난 됐잖아?"

"언니가 7서클이 아니라서 됐을 거예요. 아주 운이 좋았던 거죠. 그러니까 율리는 엄청난 확률을 뚫고 태어난 아이인 거죠. 저 같은 경우는 극악의 확률인 두 사람이 만나게 되는 거니 언제 생길지 몰라요."

"아우스에게 말했어?"

"네. 그랬더니 한번 알아보겠대요."

"아우스라면 찾아낼 거야. 그러니 너무 조급하게 생각하지 마. 넌 오래 살 거잖아."

"건강하게 오래 살 수 있게 된 게 축복이라고 생각했어요. 근데 아이를 가질 수 없다는 생각을 하니 무슨 소용인가 싶어요."

하나를 얻게 되면 하나를 잃게 되는 모양이다.

에리안은 심각하게 하단전과 중단전을 폐할까 고민 중이었다. 사랑하는 아우스의 아이를 갖고 싶었기 때문이다.

젠느는 에리안을 위해 뭐라도 해주고 싶었다. 그러나 아우스가 하지 못하는 걸 할 능력은 없었다.

무슨 말을 해야 위로가 될까 고민을 하던 중 문득 떠오르는 것이 있었다.

"아! 맞다. 몇 달 뒤에 발칸 시티의 신전이 완성되고 나면 아라 신께서 참여하는 행사가 열리잖아. 그때 아라 신께 부탁드려 보면 어떨까?"

"아라 신께요?"

약간의 반응을 보였기에 얼른 대답했다.

"그래. 그때 종교적인 이유로 기적을 행하는 행사를 준비 중이라는 얘길 들었어."

"가능할까요?"

"그분은 치료의 신이기도 하잖아. 분명 널 낫게 해주실 거야."

그랬다. 아라는 치료의 신이었다. 생각해 보니 상당히 좋은 생각 같았다.

'불가능하다고 해도 손해 볼 것은 없잖아.'

"언니 말대로 한번 가봐야겠어요. 근데 만날 수니 있을까요?"

"걱정 마. 내가 힘써볼게. 정 안 되면 네가 아우스의 부인임을 밝히면 되지 않겠어?"

"그렇겠네요."

아우스의 말에 따르자면 아라 신의 한 명뿐인 수하이지 않은가.

깊어져 가는 고민에 한 줄기 빛이 내리는 기분이었다. 희망이 생기니 우울했던 기분이 한결 좋아졌다.

"그나저나 베루는 잘 지내요?"

"요즘 자수를 배운다고 방에서 꼼짝도 안 하고 있어."

"자수요? 하여간 걔도 좀 특이해요. 지난번엔 요리에 빠지지 않았어요?"

"응, 그때 집안에 있는 사람들 다 5킬로그램 이상씩 쪘다니까. 그전엔 청소를 배운다고 난리였고."

"집중할 곳이 있으면 좋죠."

"수정구 있는데 부를까?"

"어차피 집에 가면 볼 텐데요. 참! 언니도 아우스 얘기 들었어요?"

"한동안 못 온다는 얘기?"

"들었구나. 이번엔 일 끝나자마자 바로 갈 곳이 있대요. 뭘 하려는지 늦어도 걱정하지 말라더군요."

"그러게. 이번이 네 번짼가? 다섯 번째인가? 너무 왔다 갔다 하니 헷갈려."

"이번에 끝내는 일이 네 번째예요."

"네 곳만 찾으면 일이 끝난다고 하지 않았나?"

"그랬죠. 근데 이번엔 개인적인 일이래요."

"그렇구나."

"언니도 참, 그렇구나가 아니라 다음에 오면 한번 혼을 내주세요. 저도 그럴 테니까. 밖으로 떠돌더니 이젠 집을 안 들어오려고 해요."

"후후! 그렇게."

젠느의 말이 미덥지 않았지만 일단은 믿어볼 수밖에 없었다.

두 사람은 해가 서서히 질 때까지 피트의 숟가락질 호수에서 얘기를 나눴다.

*   *   *

쾅! 주룩!

식물형 괴물의 몸이 터지면서 쏟아낸 녹색의 피(?)가 사방의 벽과 천장에 묻어 뚝뚝 떨어져 내렸다.

"휴우~ 드디어 끝인가?"

이번에 찾은 유적은 온통 식물로 덮여 있었다. 그리고 그하나하나가 몬스터였다.

내가 만들어놓은 녹색 지옥 속에서 과연 카드를 찾을 수 있을지 의문이었다.

걸음을 옮겨 문이 있는 곳으로 걸어갔다.

키에에에에엑!

아직까지 죽지 않았던 커다란 꽃 형태의 몬스터는 암술을 혀처럼 내밀며 나를 물으려 했다.

팡! 주룩!

"…적당히 좀 하자, 이 멍청한 몬스터들아."

덤비면 터진다는 걸 언제쯤 알 수 있으려나.

문 앞에 서자 문이 열리며 야리힐 산맥에서 봤던 조종실이 모습을 드러냈다.

"다행히 여긴 식물이 없네."

신의 주검은 굳이 찾을 필요도 없었다. 머리를 잃고 의자에 앉아 있었는데 은빛 카드를 꽂다가 죽었는지 카드는 기계에 절반쯤 걸쳐져 있었다.

"네 개째… 드디어 끝이구나."

의자에 앉아 있는 뼈다귀를 치우고 옷은 챙겼다. 세 번째 주검을 찾았을 때 멀쩡한 옷이 있어 입어봤는데 정말 신통방통한 옷이었다.

마법을 전혀 쓰지 않고도 웬만한 마법사는 단숨에 때려죽일 수 있게 해줬고, 흐르는 물에 씻기만 해도 깨끗해져 여행 다닐 때 입기에 딱이었다.

가장 마음에 드는 건 어떤 체형이든 입을 수 있다는 점이었다.

의자에 앉아 카드를 꺼내 이리저리 살펴보다가 구멍에 끼워보았다.

완전히 넣었는데도 아무런 변화가 없었다.

"망가졌나 보네. 아라 신을 불러야……."

우웅!

의자에서 시작된 빛이 바닥으로 흘러 벽 곳곳으로 들어갔다. 그리고 잠시 후 목소리가 들렸다.

—AK—47 재작동 개시. 안녕하세요, 처음 뵙는 분이군요. 로마노프 님의 영혼 이전체인가요?

"그렇다면 뭐가 달라지는데?"

—달라지는 건 없습니다. 어차피 테스트 과정을 거쳐야 저의 모든 기능을 사용할 수 있습니다.

"어떤 테스트인데?"

—간단한 질문에 답하면 됩니다.

"일단 들어나 보자."

—아버지 이름은?

망할 테스트군.

"됐다. 로마노프가 환생하기 전까지 다시 절전 모드인지 뭔지에 들어가."

—원래 그렇게 프로그래밍되어 있습니다. 그럼.

빛나던 벽과 바닥이 원래대로 돌아갔다.

카드를 뺀 후 아라를 불렀다.

"아라 님."

앞쪽에 마나가 일렁이며 그녀가 나타났다.

"이번엔 꽤 늦었네? 거의 1년 6개월만인가?"

"이곳 남대륙은 워낙 전쟁이 빈번한 곳이라 환경 변화가 너무 심해 찾기가 쉽지 않더군요."

"그래도 결국 찾았네."

"요령이 붙었다고나 할까요."

"아무튼 고생했어. 혹시 필요한 거라도 있어? 원하는 거라면 뭐든 들어줄게."

"딱히 없습니다. 다만 몇 가지 물어봐도 될까요?"

"1시간 동안 원하는 만큼 말해줄게."

"몇 가지면 충분합니다. 9서클이 되면 매사 이렇게 권태롭습니까?"

9서클이 되고 가장 참기 힘든 것이 지독한 권태였다.

유희라고 해도 처음에만 재미있었지 조금 지나고 나니 곤욕이었고, 모든 일이 의미 없게 느껴졌다.

"당연한 거야. 가지고 싶은 거, 하고 싶은 거, 생각하는 것 모두가 마음대로 되니 뭔가를 할 의욕이 생기지 않은 거지."

"치료 방법은요?"

"치료가 될지 안 될지 스스로에게 달렸어. 결국 스스로 이 거내야 해. 아무튼 뭔가에 집중하는 것도 방법이긴 하지. 뭐든 배우는 거야. 요리든, 이발이든, 옷 만들기든, 대장장이든."

"괜찮은 생각이긴 한데 그마저도 금세 지겨워질 것 같네요."

"맞아. 사실 9서클이 요리를 하면 마법을 이용해 금세 뚝딱 만들고 맛 또한 기가 막히게 만들 수 있지. 이런 식으로 말이야."

갑자기 닭 한 마리가 공중에 나타났다.

갑작스러운 상황에 놀라 꼬꼬댁하고 울기도 전에 목이 비틀어지고 털이 뽑혔다.

배가 갈라지며 내장과 피가 빠져나오고 바로 생닭이 되었다. 그리고 금세 여러 조각으로 나뉘어졌다.

그러고는 밀가루와 이상한 향신료들이 나타나 그 닭을 덮었다.

치이익!

순식간에 노랗게 타는, 아니, 튀겨지는 닭.

그 상태로 아래에 나타난 접시에 차곡차곡 쌓였다.

말은 길었지만 정말 눈 깜박할 시간에 요리가 완성되었다.

"프라이드치킨이야. 먹어봐."

통통하고 김이 모락모락 나는 닭다리가 입으로 다가왔다.

크게 입을 벌리고 물었다. 이가 닭다리에 파고들면서 '와사삭!' 소리가 났다. 그리고 부드러운 닭다리 살이 입안을 채웠다.

"…맛있군요."

전혀 새로운 맛. 잠시 무료함을 잊을 정도로 대단한 맛이다.

"맥주를 마시면 더 좋을 거야."

지금까지 먹어본 맥주 중에 가장 맛있었던 집을 떠올렸다. 그러자 그곳의 모습이 눈에 보이는 듯했다.

선반에서 맥주잔을 내려 통에서 맥주를 따라 눈앞으로 이동시켰다. 그리고 차갑게 만든 다음, 벌컥벌컥 마신 후 치킨 한 입.

"캬아~ 좋네요."

"그래. 미식도 시간을 보내기엔 좋은 방법이지."

"100년쯤은 행복하겠네요."

"지금까지 말한 것만으로도 몇백 년은 훌쩍 지나갈걸. 다만 네가 지금 권태에 비관까지 더해져서 그런 것뿐이야."

"좀 더 좋은 방법은 없습니까?"

"유희를 즐겨."

"재미없던데요."

"당연히 기억을 가지고 있으니까. 겉모습만 바뀐다고 그게 재미있을까?"

"아! 기억을 지우면……!"

"맞아. 자신이 강한지 모르니 훨씬 잘 즐길 수 있지. 할 때 머리에 간단한 금제를 하는 거야. 40년, 혹은 60년 뒤 기억을 떠오르게 하는 거지. 더 재미있는 방법도 많아. 위기 상황에 한 단계씩 각성을 하게 할 수도 있지. 마치 영웅처럼 성장해 가는 거야."

"확실히 재미있겠네요."

기억을 지울 수 있다는 말만으로도 권태로움과 비관적인 생각이 점점 사라지는 기분이다.

유희를 할 수 있다는 생각만으로도 지금에 충실히 임할 수 있을 것 같다.

"기분이 좋아졌나 보네?"

"한정할 수 있다는 게 이렇게 기쁜 줄은 몰랐습니다."

"원래 그런 거야. 영원한 삶? 좋은 것 같지만 고통에 불과해."

"…영원한 삶을 위해 소환된 신께서 그런 말을 하니 신뢰가 안 가네요."

"난 이미 그런 단계를 넘어섰으니까."

"…그렇군요."

"또 궁금한 건?"

"아뇨 충분합니다. 혹시 더 시키실 일은 없으십니까?"

"아직까진."

"그럼 필요할 때 연락 주십시오."

아라에게 인사를 한 후에 서대륙으로 이동했다.

'감시가 없어졌군.'

지난 4년이 헛된 시간만은 아니었다. 아라가 남겨둔 기운이 활성화 상태인지 아닌지 알 수 있게 됐다. 그리고 재주도 꽤 늘었다.

그렇다고 해서 아라를 이길 수 있느냐?

그건 아니다.

조금씩 실력이 늘 때마다 오히려 그녀와의 간격을 더 실감하고 있었다. 맨 처음 그녀를 봤을 때 덤벼든 것이 낯 뜨거워질 지경이다.

각설하고 에리안과 젠느, 베루에겐 네 번째 유적지를 찾고 난 다음에 잠깐 들를 곳이 있다고 했다.

다름 아닌 칸켈 지역에 있는 죽음의 대지였다.

한동안 그곳에 지내며 샅샅이 살펴볼 생각이었기에 이동한 발칸의 한 영지에서 시장을 본 후 바로 죽음의 대지로 이동했다.

온 김에 카둥에게 가볼까 하다가 얼핏 보니 베비링과 알콩달콩 잘 살고 있는 것 같아 용암이 있는 지하로 바로 이동했다.

"여긴 변함이 없네."

그때 용암이 터져 엉망이 되지 않았을까 했는데 벌레 구멍처럼 숭숭 뚫려 있는 현무암과 살아 있는 듯한 용암지대는 똑같았다.

망설이지 않고 용암으로 뛰어들어 마루의 제단으로 향했다.

마루의 제단은 그때 떠났을 때와 하나도 변하지 않았다.

그땐 미헬라를 구해야 해서 서둘러 떠나야 했지만 지금을 그럴 필요가 없다. 아주 천천히 뒤져볼 생각이었다.

사실 여기에 온 이유는 두 가지였다.

한 가지는 혹시 마루가 남긴 것이 있을까 해서고, 또 다른한 가지는 피트의 흔적이 있을까 해서다.

웬 뜬금없는 마루의 제단에서 피트의 흔적이냐고 하겠지만 근거가 있었다.

죽음의 대지의 문신 마법과 기생체가 성장했을 때의 모습이 흡사하다는 것.

다른 하나는 발칸 시티의 시민들을 죽였던 빛의 무기는 각 신의 유적지마다 하나씩 달려 있는 무기라는 거다. 즉, 피트가 발칸 제국과 뮤트 제국의 성에 무기를 설치하려면 적어도 두 곳의 유적지를 알고 있어야 한다는 것이다.

아라의 얼음 성과 마루의 제단.

물론 다른 유적지일 수도 있다. 하지만 이곳이라는 느낌을 지울 수가 없었다.

"일단 먹고, 자고 시작하자."

유적을 탐사하느라 아라가 준 프라이드치킨에 맥주가 며칠간 먹은 전부였다.

적당한 곳에 자리를 잡고 스테이크를 구웠다.

그리고 맛있게 먹고 난 후에 잠을 청했다.

배고프면 먹고, 졸리면 잤다. 그러곤 시간이 가는지도 모르게 마루의 제단의 한쪽 벽부터 꼼꼼하게 흔적과 통로를 찾아보았다.

깨끗하게 만드는 것은 물론이고 어지럽게 자란 마나석과 블루 마나석은 벽에서 떼어내 한쪽에 쌓아뒀다.

꽤나 지겨운 일이었지만 유적 하나를 발견하는 데 1년씩 노력해서인지 묵묵히 해나갔다.

"여기도 뭔가 있어."

60센티x60센티의 정육면체의 틈을 발견했다.

물론 힘을 준다고 열리는 건 아니었지만 일단 체크해 둘 필요는 있었다.

라이트를 하나 띄워두고 옆으로 이동했다.

커다란 물방울을 만들어 2미터x2미터 크기의 벽을 깨끗하게 닦았다. 반질반질한 벽이 되었지만 틈도 없이 매끈했다.

"이로써 6미터까지는 끝마쳤네. 커피를 마신 후 계속해야겠다."

바닥으로 내려와 내가 이런저런 살림살이를 꺼내놓은 곳을 바라보자 컵 하나가 차가운 커피를 담고는 날아왔다.

커피 마시면서 공동을 빙글빙글 돌아 혹시 빼놓은 것이 있나 살폈다.

근데 오늘따라 유독 무너져 있는 마루의 전신상이 눈에 걸렸다.

"어떤 모습인지 쌓아볼까?"

순간 일어난 어린애 같은 호기심.

귀족들만 가지고 논다는, 조각을 맞춰 나가는 장난감이 생각났다.

부피가 크다 뿐이지 조각의 양은 훨씬 적었다.

부서진 커다란 바위들이 일제히 하늘로 떠올랐다.

"이건 발이고… 이건 무릎 부분이고……."

장난으로 시작한 일이 마치 조각상을 세우는 장인처럼 진지해졌다.

작은 돌 조각들은 무시하고 큰 것만 척척 맞춰가다가 유독 많이 부서진 배 부분을 맞출 때였다.

배 부분이 비어 있었다. 그리고 그 비어 있는 모양이 원뿔 모양이다.

"설마?! 그 무기가 이 석상 안에 있었던 거야? 그렇다면 이 석상은 피트가 부셨을 가능성이 높군."

딱히 이곳에 온 목적과는 연관이 없는 일이지만 역사적인 사실을 하나 추측할 수 있게 되었다는 것에 기분이 나쁘지 않았다.

결국 거대한 마루의 석상이 완성됐다.

"오! 마루, 제법 잘생겼는데. 그나저나 얼굴 형태가 동쪽 끝에 사는 이들과 유독 닮았네."

대륙을 돌아다니다 보니 대륙마다 다양한 종류의 인종이 살고 있단 걸 알게 되었다.

완성된 석상의 주위를 돌며 바라보는데 등 쪽으로 돌아갔을 때 피트가 확실하게 이곳에 왔음을 알려주는 증거가 보였다.

'피트♡미나'라는 이계 언어로 된 낙서가 보였다.

"수천 년은 족히 된 유적에 낙서라니, 쯧쯧!"

1,000년의 세월이 흘러 낙서마저 역사적인 유적이라 할 만했지만 피트와 관련된 건 본능적으로 마음에 들지 않았다.

"이제 다시 일을 해야겠다."

맞춘 석상을 어떻게 할까 하다가 맞춘 것이 아까워 단 위에다가 올렸다.

석상이 올라가자 단이 석상의 무게에 눌리며 살짝 아래로 내려갔다. 그와 동시에 '철컥!' 하는 소리가 단의 뒤쪽 벽에서 들렸다.

뭔가 짜릿한 느낌이 척추를 타고 오르는 기분이 들었고 소리가 난 곳으로 갔다.

마루의 주검이 기대고 죽어 있던 바로 그곳.

"…이렇게 숨겨뒀으니 못 찾지."

착한 마음(?)을 먹어 마루가 상을 준 것일까. 카드를 꽂는 곳이 생겼다.

아공간 지갑에서 카드를 꺼내 구멍에 넣었다.

약간의 시간이 흐른 후 빛이 벽과 바닥으로 퍼져 나갔다.

―미르, 재작동을 시작합니다. 안녕하세요.

"안녕. 혹시 너도 마루의 환생체를 기다리고 있었던 거냐?"

―아닙니다. 카드의 주인이 나타나길 기다리라는 마루 님의 마지막 명령에 따라 잠들어 있었습니다.

"내 명령을 듣는다는 말이야?"

―현재 카드의 주인이시니까요.

"카드가 다른 사람에게 가면 다른 사람의 명령을 따르게 되는 건가?"

―아닙니다. 성함이?

"아우스."

―아우스 님이 등록을 한 후에 권한을 바꾸면 카드를 분실해도 여전히 저에게 명령을 내릴 수 있습니다.

이게 웬 재수인가 싶다.

야리힐 산맥의 유적지도 원 주인이 권한을 그렇게 설정을 해뒀는지도 모르겠다.

"등록을 해줘."

―알겠습니다. 일단 안으로 들어오시죠.

문이 열리며 상당히 특이한 방이 나타났다. 그리고 그 방의 한쪽 벽이 올라가며 사람이 들어갈 수 있는 관 같은 것이 나타났다.

"관?"

―신체 스캐너입니다.

"스캐너?"

―주인님임을 확인하는 과정입니다. 정확히 하려면 약 1시간쯤 걸립니다.

"죽이려는 건 아니지?"

―그럴 리가요. 주인님을 죽일 순 없습니다.

"다른 사람은 죽일 수 있고?"

―가능합니다.

"진짜 같은 환각도 가능해? 예전에 프란의 유적지에서 걸렸

었거든."

─프란 님의 환상 프로그램은 대단하죠. 고통에 힘겨워하는 이들과 죽어가는 이들을 위한 치료용으로 개발한 것인데 발전을 거듭하며 웬만한 사람도 영원히 꿈속을 헤매게 할 수 있습니다.

"너도 가능해?"

─저에게 그런 기능은 없습니다. 그저 즐거운 환상 정도는 가능하죠.

"그럼 과거에 대해서 알 수 있나?"

─과거라 하시면?

"마루, 아라, 프란, 로마노프가 살아서 움직이고 있을 때 말이야."

─제게 기록된 것까진 보여 드릴 수 있습니다.

"이곳에 왔을 때부터인가?"

─아닙니다. 이곳, 새로운 지구라는 뜻의 '넬스'에 새로운 생명체를 이식한 후부터 3000년이 지난 후까지 단편적으로 기록되어 있습니다.

"지금부터 얼마나 오래전인 거야?"

─3500년 전입니다. 절 만들었을 때부터입니다.

"저 안에서도 볼 수 있어?"

─가능합니다.

"그럼 스캐닌지 하면서 보기로 할게."

―네. 시간이 꽤 걸릴 텐데 신체 재구성도 해드릴까요? 한 번 할 분량이 남아 있습니다.

"좋은 거야?"

―네. 모든 이가 하는 겁니다.

"그럼 해줘."

―옷을 벗고 들어가시죠.

난 옷을 벗고 안으로 들어갔다.

투명한 유리 덮개가 닫히고 끈적거리는 액체가 차오른다. 그리고 이상하게 생긴 것이 얼굴을 덮어 왔다.

*　　　　*　　　　*

"미르, 내 말 들리나?"

―…네, 들립니다. …마루 님.

"좋아! 메인 컴퓨터와 연결해 놨으니 필요한 자료는 그곳에서 찾아 나에게 알려주면 된다."

―알겠습니다.

"영혼 전이에 대해 새롭게 갱신된 내용이 있나?"

―1년 전 아라 부함장님이 올린 자료가 마지막입니다. 말씀드릴까요?

"아니다. 그건 확인했다. 부함장은 뭘 하고 있지?"

―세포를 이용한 배아 복제를 연구하는 중입니다.

"또? 이미 우리의 DNA가 오랜 우주여행으로 복제와 인공 배아가 불가능하다는 걸 알면서도……."

멸망한 지구를 떠나 정착할 별을 찾아 우주를 떠돌다가 메인 컴퓨터도 파악할 수 없는 일을 당한 후, 아이를 가질 수 없는 몸이 되어버렸다.

"차라리 그 시간에 영혼 전이에 대해 연구를 해줄 것이지. 일주일 동안 쓰러진 선원들은 몇 명이냐?"

―서른 명입니다.

선원들의 생명은 10명의 집행위원과 비교해 한참 짧았다. 개고생하며 겨우 원시 행성을 살 만한 곳으로 만들고 나자 하나둘씩 쓰러져 버리고 말았다.

"당장 부함장에게 연락해."

―연결했습니다.

화면엔 갖가지 기구로 연구를 하고 있는 아라의 모습이 보였다.

그녀는 약간 광기를 담은 눈으로 연구에 임하고 있었다.

"아라!"

―귀 안 먹었으니까 용건을 말해.

아라는 시선을 떼지 않고 말했다.

"아이에 대해선 이제 잊고 제발 영혼 전이에 대해 연구를 해줘. 선원들이 모두 쓰러지고 있어."

―잊어. 죽을 땐 죽어야 하는 게 인간이야. 우리가 남겨야

할 것은 우리의 정신이 아니라 아이야.

"불가능하잖아!"

─불가능하지 않아. 거의 성공해 가고 있어.

그녀가 손짓을 하는 곳에 유리관이 있었다. 그리고 그곳에 팔뚝만 한 아이가 눈을 감은 채 담겨 있다.

─우리가 지구에서 잃었던 아이야.

"미, 미르?! 어떻게……?!"

치이이이이이익…….

─마루 님, 미르 님이 E─39지역을 모두 부쉈습니다.

쾅!

영혼 전이를 연구하던 마루는 실험실 책상을 강하게 후려치며 일어났다.

"이… 미친… 생존자는?"

─없습니다.

"녹화 영상을 틀어라."

갑작스럽게 마을 주변에 불이 피어오르자 마을 사람들은 비명을 지르며 불을 끄기 위해 집에서 나왔다. 그때 하늘 위에서 티 없이 밝은 어린아이가 내려왔다.

그리고 그 어린아이는 벌레의 죽이듯이 마을 사람의 팔다리를 뽑고, 머리를 박살 내고, 몸을 갈가리 찢어 죽였다.

"…저 자식은 인간이 아니야! 인간이……. 미르는 지금 어디에 있지?"

─아라 님의 거처에 있습니다.

"당장 연결해!"

화면에 아라가 미르를 품에 꼭 안고 있는 모습이 나타났다.

"아라! 그놈이……."

─아이 듣는데 말 삼가도록 해.

"…미르가 E─39지역의 주민을 어떻게 죽였는지 너도 봤을
것 아냐!"

─호기심이 많은 것뿐이야. 그깟 복제품들이야…….

"복제품? 그 사람들은 이미 세대를 거듭하고 있어서 우리가
가지고 있던 DNA와 전혀 다른 존재들이야! 그런데 뭐? 복제
품? 지금 제정신이야!"

─내가 그들의 DNA를 챙겼어. 다시 만들어서 복구시켜 놓
으면 돼.

─엄마, 너무 시끄러워.

─으응, 우리 아기 시끄러웠어요? 금방 끝내고 재워줄 테니
마법으로 귀 막고 있으렴.

잘못에 대해 단단히 혼을 내도 시원찮을 판국에 저런 모습
이라니.

마루는 기가 막혀 아무 말도 하지 못하고 두 사람이 하는
양을 지켜보다 입을 열었다.

"…벌써 몇 번째인지 알아? 스무 번째야. 수만 명이 미르의

손에 죽었다고!"

─그들은 되살릴 수 있지만 이 아인 불가능해.

"그 아이… 아니, 그놈은 아이가 아냐. 인성이 없는 짐승이라고!"

─닥쳐! 아빠란 사람이 할 소리야! 더 듣기 싫으니 이만 끊어.

"…마지막 경고야, 아라. 또 한 번 마을에 손을 댄다면 그땐 함장의 권한으로 놈을 벌할 거야."

─어디 해봐! 그땐 내가 널 용서하지 않을 테니까.

사라지는 화면.

마루는 머리를 감싸며 의자에 앉았다. 그리고 낮게 중얼거렸다.

"…신이 신 노릇을 하는 우릴 벌하고 있는 거야."

치이이이이이익…….

─마루 님, 미르 님이 D─12지구로 향하고 있습니다.

"…그놈은 지치지도 않나 보군."

경고를 했지만 아라는 경고를 무시했고 벌한다고 했지만 마루는 하지 못했다.

그렇게 50여 개의 마을이 불탔다.

50여 개의 마을을 잃고 나서야 가두고 벌을 내린다고 될 일이 아님을 마루는 깨달았다.

"각성자들은?"

—D—12지구에서 대기 중입니다.

"미르는 이미 8서클이다. 가능하겠어?"

—마스터가 다섯, 엑스퍼트급이 50명입니다. 거기에 몇 가지 물품을 건넸으니 100퍼센트 가능합니다.

"아라가 알아차릴 가능성은?"

—없습니다. 1회용이라 한 번 쓰고 나면 흔적은 사라질 겁니다. 문제는 아라 님이 발작을 할 경우입니다.

"이미 다른 집행위원과 준비 중에 있다."

—미르 님이 도착했습니다. 화면을 띄울까요?

"…아니다. 자식이 죽는 모습을 두 번 보고 싶지 않구나. 그냥 결과만 말해줘라."

—알겠습니다.

기다리는 시간은 마루에게 고통이었다. 표정만으로 그가 얼마나 많은 고민을 했는지 알 것 같았다.

얼마나 지났을까. 인공 지능 미르가 입을 열었다.

—성공했습니다. 유전자 정보는 어떻게 할까요?

"…챙겨둬라. 단 그녀에게 비밀이다."

—예! 알겠습니다.

"…집행위원들에게 연락해라. 그리고 메인 컴퓨터에게 명령한다. 이 시간부터 부함장의 모든 권한을 박탈한다. 샹카의 출입을 금하며 그녀가 움직일 수 있는 공간을 그녀의 얼음 성으로 한정한다."

─이 시간부로 명령을 실행합니다.

치이이이이이익……

"크아아아아! 마루! 지금 날 죽이지 않은 걸 후회하게 될 거야!"

아라는 피눈물을 흘리며 고함치고는 죽일 듯이 마루에게 달려들었다. 그러나 그녀의 마법이 봉인되었기에 뜻을 이룰 수 없었다.

"…우리가 신 노릇을 하는 순간부터 잘못된 건지 몰라."

"무슨 개소리야! 미르는 네가 죽인 거야! 네가!"

"아니, 미르는… 지구에서 죽었어. 그 괴물은 우리의 자식이 아냐. …그리고 이 별에 살고 있는 생명체들이 우리의 자식들이야."

"닥쳐! 네가 그렇게 생각한다면 좋아! 네가 나에게서 그 아이를 빼앗았으니 내가 너의 자식들을 빼앗아줄게. 반드시! 반드시!"

"얼음 성에서 머리 좀 식혀. 끌고 가."

"뭬! 기다려, 마루! 기다~ 려어~ 마루우우우우!!!"

아라는 끌려가면서 울부짖었다.

치이이이이이익……

"미르, 프란에게 연락해 봐."

─연결이 되지 않습니다.

"로마노프는?"

─역시 안 됩니다. 현재 집행위원 네 명의 인공지능이 메인 컴퓨터로 정보를 이관하고 있습니다.

"…허허, 모두 당한 건가. 그녀를 살려두는 것이 아니었는데……."

─아라 님이라 판단되는 이가 빠르게 제단 쪽으로 접근 중입니다. 도착했습니다. 문이 뚫고 있습니다.

"뚫는 데 얼마나 걸릴 것 같나?"

─10분, 아니, 8분 정도입니다.

"그 정도면 충분하군. 명령을 내리겠다. 내가 죽으면 메인 컴퓨터와 1급 기밀에 대한 것을 제외하고 미르 너의 모든 권한을 초기화한다."

─알겠습니다.

"만일 카드를 차지하는 이가 아라라면 자폭을 명한다. 그리고……."

마루는 여러 가지 명령을 내렸다.

─뚫렸습니다.

"나가야겠군."

마루는 방에서 나가 다가오는 아라를 맞이했다.

"집행위원들은 다 죽인 거야?"

"말했잖아. 후회하게 될 거라고."

아라의 눈빛은 광기로 번뜩이고 있었다.

"지금까지 그때의 일을 후회한 적은 없어. 앞으로도 그럴 거야."

"끝까지 고고한 척이네. 미르의 유전자 정보는 어디에 있어?"

"없어. 내가 설마 그 괴물의 유전자 정보를 남겨뒀을 거라고 생각해."

"아니! 넌 남겨뒀을 거야. 나를 죽이지 못했던 것처럼 말이야. 말해. 그럼 이 행성의 생명체들은 내버려 둘 테니까."

"그 괴물이 다시 태어나면 어차피 생명체들은 씨가 마를 거야."

"나라고 그 아이를 죽인 인간들을 살려둘 것 같아? 말했잖아. 모든 생명체를 말살시킬 거라고."

"알아서 해. 네가 뿌린 씨앗이니 네가 거둬들이는 것이 맞겠지."

"내가 못 할 거라고 생각하지 마!"

"…네가 어쩌다가 그렇게 됐는지 모르겠다. 작은 고양이의 죽음조차 슬퍼하던 사람이었는데."

"닥쳐! 유전자 정보는 어디 있어? 좋아! 과연 언제까지 그럴 수 있나 보겠어. 영원한 생명? 영원한 고문 앞에서도 뻣뻣할 수 있나 보자."

"…가여운 사람. 근데 한 가지 착각하고 있군. 난 당신보다 약했던 적이 한 번도 없어. 그냥 져줬을 뿐이야."

"결과를 보면 알겠지."

두 사람의 모습이 사라지면서 쿵쿵거리는 소리만 울렸다. 카메라가 두 사람의 움직임을 잡지 못했다.

모습을 드러냈을 땐 둘 다 상처를 입은 상태였다. 다만 마루는 심장에 구멍이 뚫렸고 아라는 그보다 조금 더 나았다. 그러나 컴퓨터가 전해주는 정보에 따르면 그녀 역시 오래 버틸 수는 없을 것 같았다.

"…습관이란 무섭군. 져주던 버릇 때문에 주춤거리다니 말이야. 쿨럭!"

"…그게 실력이야."

"하하… 쿨럭! 그건 그렇군. 하지만 너랑 같이 가게 되어서 다행이야. 적어도 우리가 심은 씨앗들은 살아남게 되었으니 말이야."

"아니. 난 다시 살아날 거야. 그리고 넌 하늘에서 이 행성의 생명체가 사라지는 걸 보게 될 거야."

"죽기 전까지 광기를 못 버리는군. 어쩌면 당신은 미르를 잃었을 때 이미 스스로를 잃었는지도 몰라."

"…그럴지도. 이만 가봐야겠어. 마지막으로 해둬야 할 일이 있거든."

"하하… 좀 이따가 하늘에서 보자, 아라야."

아라는 아무 말 없이 고개를 돌려 사라졌다.

그런 그녀를 마루는 복잡한 시선으로 바라보다가 중얼거

렸다.

"문신 마법을 통해 10서클에 이르렀으면 그녀를 원래대로 만들 수 있었을까?"

―모르겠습니다.

"하하… 하긴… 이, 이론에 불과했던 것이니까……. 누군가 이룰 날이 있을지도……."

―아마 이룰 겁니다. 누군가가.

"…위로도 할 줄 알고… 이제 제법이구나. …미르, 함께해 줘서 고맙다. …너, 너도 나에겐… 자, 작은… 씨… 씨앗이야……."

―…마루 님이 사망했습니다. 그의 명에 따라 절전 모드로 들어갑니다.

치이이이이이익…….

영상이 끝났다. 그리고 얼굴을 가리고 있던 이상한 마스크가 떨어졌다.

*   *   *

"아리가 실패했나 보군."

캡슐에서 나오자 기다리고 있는 사람, 아니, 의지가 있었다.

"…마루 님이군요."

"그래. 근데 옷 좀 입지 그러나. 아무리 내가 만든 씨앗이라고 해도 보기에 민망하군."

"…갑자기 찾아온 사람은 마루 님입니다만."

옷을 주섬주섬 입으며 말했다.

"내 집인데."

"이젠 아니죠. 그나저나 아라 님을 기다리고 있었던 것입니까?"

"아니, 영상을 본 사람이 아라였다면 내 의지는 그대로 사라졌을 거야."

"그렇군요. 미안합니다."

"뭐가?"

"당신이 마왕이라고 생각했거든요."

"하하! 괜찮네. 죽은 자에게 그깟 불명예가 대수라고. 아라가 얼음 성에 갇혀 있을 때 인간들에게 잘해주더니 그런 헛소문을 퍼뜨렸더군. 그런데 자네, 혹시 함선의 선원의 환생체인가?"

"다들 그런 오해를 하는군요. 아닙니다."

"9서클은 쉽게 오를 수 없는 경지니까. 가만, 근데 나 말고 누가 그런 오해를 한 건가?"

"아라 님요."

"그녀의 의지를 만난 건가? 혹시 무슨 말을 들었는지 모르지만 그녀의 말은……."

"소환됐습니다. 그리고 다른 사람의 몸을 차지했죠."

담담하게 아라의 살아났음을 말했다.

"…서, 설마? 영혼 전이가?"

의지에 꽤 많은 감정을 담아뒀나 보다. 그는 무척이나 놀라워했다.

"네, 성공했습니다. 그녀가 죽고 대략 3000년 만에 성공했지만요."

"…세상은 무사한가?"

"아직까지는 그렇죠. 소환의 부작용 때문인지 몇몇 기억이 지워진 모양이더군요. 그 잃은 기억 중에 미르의 기억이 있고요."

"그나마 다행이군."

"하지만 기억이 나면 그 순간 지옥이 되겠죠."

"그렇겠지. 미안하군. 나의 어설픈 동정이 자네가 사는 세상엔 재앙이 됐으니 말이야."

그냥 투덜대는 것일 뿐 그가 사과할 일은 아니었다. 그런데도 그는 살짝 고개 숙여 사과했다.

"사과를 받으려 한 말은 아닙니다. 혹시 미르의 뭔가를 남겨둔 것 같은데 어디에 보관을 해두신 겁니까?"

"그건 왜?"

"그녀가 기억을 찾았을 때를 대비해 두려고요."

"영상을 봐서 알겠지만 그녀는 정상이 아니네. 절대 처음 가졌던 생각을 바꾸지 않을 거야."

"알고 있습니다. 그저 시간을 벌기용으로 쓸 생각입니다. 그리고 문신 마법에 관한 것도 같이 알려주셨으면 좋겠습니다."

"그녀를 막을 생각이군?"

"죽을 때 죽더라도 지켜야 할 것들이 있으니까요."

"…그렇지. 밖에 있는 석상 안에 넣어뒀네."

"아!"

"왜? 그러는가?"

"…누군가 이미 가져간 것 같아서요. 석상이 부서져 있었거든요."

누군가는 당연히 피트다. 그가 문신 마법을 퍼뜨린 사람일 가능성이 높았다.

"그런가. 먼저 온 사람이 있었나 보군. 시간 벌기도 할 수 없게 되었군."

"괜찮습니다. 기억을 못 찾을 수도 있으니까요. 근데 의지를 남긴 이유는 무엇입니까?"

"별거 없네. 그저 미르의 새로운 주인이 누구인지 궁금했을 뿐이네. 제대로 된 사람이 가지게 된 것 같아 다행이군."

"저도 그렇게 착한 놈이 아닙니다만."

"자네가 저 속에서 깨어났고 나를 만나게 되었다는 것만으로도 충분하네."

"…설마?"

"미르는 악당이 가지면 너무 위험한 존재니까."

신이라는 것들이 음흉하기 짝이 없다. 물론 내가 그리고 해도 비슷한 짓을 했겠지만 말이다.

"혹시 더 알아야 할 것은 없습니까?"

"없다."

"더 해주고 싶은 말은요?"

"부디 아라가 영면에 들 수 있게 해주게."

"그럴 수 있으면 좋겠네요. 근데 너무 강해서 그럴 수 있을까 문제네요. 싸움의 기술 같은 건 없습니까?"

"이럴 줄 알았으면 그랬을 텐데."

없다는 말이다. 쓸데없는 감정 대신에 그런 것이나 남길 것이지.

그나저나 피트 이 인간은 도대체 무슨 목적인지 모르겠다.

"난 이만 사라져야 할 것 같군."

"멀리 안 나갑니다."

그는 왔을 때와 마찬가지로 조용히 사라졌다.

"미르."

―예, 아우스 님.

"더 숨기는 거 있으면 미리 말해. 또 한 번 속이는 일 있으면 그땐 자폭을 명령할 거다."

―더 이상은 없습니다.

"알았다. 멀리서 너랑 얘기할 수 있는 방법이 있나?"

내가 만든 것도 아닌데 100퍼센트 믿지는 않는다. 이용할 수 있는 것만 이용하면 그걸로 충분했다.

내 말에 벽의 한쪽이 서랍처럼 열렸다.

—이것을 귀에 꽂으면 됩니다.

"신기하네."

귀에 넣자 알아서 들어가 불편하지 않게 자리를 잡았다.

—잘 들리십니까?

"응, 좋네. 그리고 이곳으로 바로 이동할 수 있는 방법이 있나?"

—아우스 님은 언제든 가능합니다.

"방금 본 것을 제외하고 아라에 대한 정보가 있나?"

—없습니다. 한동안 그녀에 관한 모든 정보가 메인 컴퓨터로 이관되고 봉인됐습니다.

"메인 컴퓨터가 뭔지 모르겠는데 접근할 수 있나?"

—불가능합니다.

그냥 약간 재주 많고 수다 떨기 좋은 친구가 생겼다고 생각하기로 했다.

목적지를 정하고 마나를 움직였다.

＊　　　＊　　　＊

기억을 지우고 하는 유희(?)라는 뒷배가 생겨서인지 하루하루가 꽤나 소중하게 생각되었다.

"꺄~ 아뿌~"

걷는 것만으로도 즐거운지 비명을 지르며 모래를 밟고 아장아장 걸어오는 율리를 향해 두 팔을 벌렸다.

율리는 그대로 달려와 안겼다.

"오구오구, 우리 딸! 이제 잘 걷네."

"슈웅~ 슈웅~ 해쪘요."

오자마자 며칠 간 마법으로 하늘을 날게 해줬더니 이런다. 근데 그 때문에 젠느는 물론이고 에리안에게 엄청 혼이 났다.

자기가 새라도 된 줄 알았는지 유모가 잠깐 눈을 뗀 사이 침대에서 난다고 다이빙을 한 것이다.

이후에 그녀의 옷과 작은 액세서리에 여러 가지 장치를 해뒀다. 그러나 나중에 더 큰일을 당할 수 있다는 이유 때문에 정상적인(?) 놀이만 가능했다.

"나중에 크면 해줄게."

"히잉~"

율리는 내려달라는 듯 버둥거렸고 내려주자 젠느를 향해 걸어갔다.

"쩝! 마법을 쓰지 못하니 찬 스프 신세네."

"차츰 좋아지겠지."

현재 있는 곳은 프링크 영지다. 에리안이 바빠서 젠느와 베루가 이곳으로 옮겨왔다.

젠느 옆에 앉아 그녀의 품에 딱 붙어 있는 율리의 머리를 쓰다듬었다.

"뭘 할지 생각해 봤어?"

뭘 하며 살지를 묻는 것이리라.

"글쎄, 요리를 할까, 대장장이를 할까 고민 중이야."

"요리해. 대장간에 율리가 놀러가기엔 위험하잖아."

"그럴까? 너무 바쁜 건 싫은데."

"하루 100그릇, 이런 식으로 한정해서 팔면 되지. 수도에 그런 식당들 꽤 있어."

배운 적도 있고 광산에서 제법 많은 사람에게 먹인 기억도 있지 않은가.

"음, 시험 삼아 저녁은 내가 만들어볼까?"

"…실험체가 되긴 싫은데."

"허어~ 처음부터 맛있는 음식을 하는 사람이 어디 있어. 뭐 먹고 싶어?"

"그럼 육류로 해. 최악이라도 먹을 순 있을 거 아냐."

"해산물은 싫어해?"

"싫진 않지만……."

"헐! 망칠까 봐 걱정하는 거야?"

"해산물은 잘못하면 끔찍한 맛이 날 것 같아."

"아니! 해산물로 할래."

"…청개구리야?"

"해보고 정 맛없으면 고기 구워줄게. 시장 다녀올게."

일어나서 바로 시장으로 했다.

빵빵!

"이놈들아, 비켜서라! 이 차가 어디에서 온 차인 줄 아느냐!"

비싸다는 마나차들이 시장으로 향하는 길에 제법 많이 보였다.

사람들의 흐름에 몸을 맡기고 시장 안으로 들어가자 바닷가답게 수많은 생선 가게들이 보였다.

아이스 마법이 걸린 널찍한 판 위엔 꽁꽁 언 생선들이 진열되어 있고 수조엔 다양한 종류의 생선들이 헤엄치고 있었다.

거대한 바다 몬스터 때문에 근해에서만 생선을 잡을 수밖에 없어서 생선값이 비싸다. 특히 활어의 경우는 운송비 때문에 내륙 지방에선 10배나 비싸다.

"예전보다 가격이 싸졌군."

상인은 나를 흘낏 봤다.

아마 귀족인지 아니지 살피는 것이리라.

혼자라면 높임말을 쓰겠지만 젠느와 에리안을 생각해서라도 반말을 써야 했다.

"근래 마나 엔진을 배에 장착하면서 어획량이 확 늘었습죠. 그 때문에 많이 떨어졌습니다."

"그래? 잘 들었네."

시장에 왔지만 생선을 살 생각으로 온 건 아니다.

성 앞쪽에 넓디넓은 시장—바다—을 두고 굳이 살 이유가 없었다. 그저 돌아다니면서 기본적인 가격과 어떤 음식을 해야 할지를 구상했다.

어시장을 지나 좀 더 가자 각종 물건을 파는 시장이 나왔다. 한데 한쪽으로 거대한 건물이 서 있었다.

높은 건물을 아래위로 왔다 갔다 하는 기계─기억 속에 있는─가 쓰이고 있는 것이 신기했다.

"이보게, 여기 들어서는 건물은 뭔가?"

빈 카트를 끌고 가는 이에게 물었다.

"어시장과 시장을 통합한다고 세우고 있습니다요."

"근데 저건 뭔가?"

"아~ 엘리베……? 하여간 그 비슷한 이름인데 신전 공사를 하면서 나온 기술이랍니다. 참 신기하죠? 나중에 손님들이 타고 아래위로 다닐 수 있답니다."

"그래? 몇 년 사이에 세상이 많이 변했군."

"그러게 말입니다."

"얘기 잘 들었네."

시장에서 볼 것은 더 이상 없었다.

해변으로 가니 젠느와 율리가 막 저택으로 가려 하고 있었다.

"시장 다녀온다면서 빈손이네?"

"이 넓은 시장을 놔두고 굳이 사 올 이유가 없지. 대충 시장 조사 다녀왔다고나 할까."

해산물 음식점을 할 생각을 한 이유는 원하는 재료를 마음껏 구할 수 있다는 것이 한몫했다.

"율리가 졸려 해서 들어가 있을게."

"알았어. 준비되면 부를게."

싫다는 말은 하지 못하고 고개를 절레절레 흔드는 젠느를 뒤로하며 바다로 뛰어들었다.

'오! 문어.'

이리저리 움직일 필요도 없었다. 그저 지나가면서 필요한 것을 보면 알아서 내 쪽으로 이동해 와 아공간 가방으로 들어 갔다.

한참 동안 이런저런 물고기를 챙기고 마지막으로 커다란 참치 한 마리를 잡고 바다에서 나왔다.

천천히 걸어 저택으로 가 바로 부엌으로 향했다.

"…여긴 어쩐 일로……."

나의 등장에 쉬고 있던 요리사들이 깜짝 놀라 일어났다.

"난 신경 쓰지 말고 쉬어. 심심해서 요리를 해볼 생각이거 든."

"…예, 알겠습니다."

요리사들은 의아해하면서도 옆으로 비켜줬다.

"일단 뭐가 있는지부터 살펴야겠다."

보이는 족족 담아 왔기에 전체적으로 보면서 요리를 할 생 각이었다.

파티를 자주 하는 귀족가의 저택답게 부엌 한쪽에 있는 커다란 수조가 있었다. 그곳으로 가서 아공간에 있는 것을 꺼냈다.

"어이쿠! 웬 생선들이 이렇게 많습니까. …차, 참치까지 있군요. 저, 저런 이렇게 놔두면 저놈이 다른 생선들을 잡아먹습니다."

"그래?"

막 고등어를 잡아먹으려는 참치의 머리를 툭 쳤다. 그러자 배를 뒤집으며 그대로 둥둥 떴다.

"제가 분리해 두겠습니다."

요리사는 칸막이를 수조 사이에 끼워 칸을 나눠서 생선을 분리했다.

"고생했어. 요리를 하면 가장 먼저 자네에게 시식을 시켜주지."

"그건 상이 아니라 벌… 험! 아, 알겠습니다."

"어떤 요리를 할까?"

"일단 요놈들은 매콤한 찜을 하는 게 좋습니다. 그리고 요놈들은 회로 먹기 좋습니다. 도와 드릴까요?"

"아니. 자네가 도우면 안 되지. 알 것 같으니 저리 가 있게. 일단 회부터 떠볼까."

오른손에 식칼이 날아와 잡혔고 왼손에 고등어 한 마리가 날아와 잡혔다.

칼등으로 머리를 가볍게 쳐서 기절을 시킨 후 배를 따서 내장을 제거하고, 껍질을 벗겨 살을 발랐다. 그리고 마지막으로 적당한 크기로 잘라 접시에 올렸다.

"양념은… 옳지, 저기 있네."

여러 나라의 다양한 양념이 가득했다. 슥 한눈에 훑어보고 매콤달콤한 소스를 만들었다.

"회 맛이 어떤지 먹어보게."

"…네."

회는 괜찮은데 소스가 불안한지 찍기 전에 살짝 불안해했다. 그러다 나와 눈이 마주치자 얼른 찍어 입에 넣고 억지로 씹었다. 한데 찡그려진 얼굴이 점점 펴지며 놀람으로 바뀌었다.

"…어? 맛있습니다. 소스가… 정말 기가 막히는군요."

요리사는 얼른 다시 찍어 입에 넣었다.

요리사의 젓가락질이 계속되자 다른 요리사들 다가와 물었다.

"고등어회라니, 싱싱하지 않으면 절대 못 먹는 것인데… 저희도 먹어보면 안 되겠습니까, 백작님?"

저택 사람들은 이제 날 백작이라고 불렀다.

"먹고 있게. 이번엔 다른 걸 만들어보지."

다음으로 만든 것은 대구로 만든 찜이었다.

아까 시장 상인에게 대충 들었는데 요리를 하다 보니 손이 저절로 알아서 양념을 넣었다.

"헉! 약간 매운 듯한데 부드러운 대구 살과 어울리니 기가 막힙니다!"

"밑에 깔린 무조차 맛있습니다."

아부는 아니었다. 그들은 순식간에 커다란 대구 찜을 먹어 치우고 있었기 때문이다.

'요리에 타고난 건가?'

생각해 보니 요리를 해서 실패한 적이 없었던 것 같다. 묘한 기분이 들긴 했지만 곧 식사를 준비하기 시작했다.

68장
신전 붕괴 사고

프링크 영지 바다 휴양지에서 조금 떨어진 곳에 위치한 송림 지역에 나무뿌리로 지어진 듯한 가게가 어느 날 갑자기 생겼다.

"조나단! 나 잡아봐요, 호호호!"

"캐서린! 잡히면 용서하지 않을 거야, 하하하!"

휴양지에서 눈이 맞은 두 사람은 사람이 드문 곳으로 움직이다가 가게를 발견했다.

"응? 이런 곳에 음식점이 있네요?"

"그러게. 예전에는 이런 곳이 없었는데……."

"예전에 이런 으슥한 곳까지 무슨 일 때문에 왔었어요? 조나단."

"하하! 다 알면서 짓궂게."

"아잉~"

조나단은 그녀의 엉덩이를 꽉 움켜잡았고, 콧소리를 내며 살짝 몸을 뒤틀던 캐서린은 문득 가게 왼쪽에 푯말이 서 있는 걸 보았다.

사랑이 고프면 왼쪽, 배가 고프면 오른쪽

"어? 방금 전에 저런 푯말이 서 있었나요?"

"글쎄, 내 눈에는 당신밖에 보이지 않아."

"품! 그럼 일단 왼쪽부터 갈까요?"

"그래. 일단은 사랑이 먼저지. 그 다음에 이 가게로 오자고."

두 사람이 왼쪽 숲으로 가는 걸 보듯이 느끼고 있던 나는 고개를 절레절레 저었다.

"아무래도 가게 터를 잘못 잡은 거 같아."

"네?"

나의 중얼거림을 들은 가게 종업원—저택에서 데리고 온—이 반문했다.

"아무것도 아니야."

"네, 백작… 아니, 아우스 님. 그나저나 손님이 없을 거라고 생각했는데 의외로 꽤 있네요."

"그러게."

조용한 곳에 지어놓고 우연찮게 들른 손님이 소문을 내면서 유명해지길 기대했는데 불타는 청춘들 덕택에 꽤 손님이 많다.

"오셨네요. 어서 오십시오!"

40분 전쯤에 숲으로 갔던 커플이 왔다.

주방 의자에 앉아서 기다리고 있자 종업원인 루르가 주문을 받아 왔다.

"고등어회와 냉물회 주문했습니다. 어제 와서 먹었는데 맛있었다고 팁까지 주네요."

"네가 잘 챙겨라."

회는 요리라고 할 것도 없다. 살결 따라 예쁘게 썰어내면 끝. 냉물회의 경우는 야채와 회를 같은 길이로 자른 뒤 살얼음이 언 물 소스를 끼얹으면 끝이다.

"다 됐다."

"언제 봐도 번개 같으시네요."

"그러게 말이다. 내가 못하는 게 뭐가 있을까 싶다."

"예예!"

루르에겐 잘난척하는 것처럼 들렸을지 모르지만 사실 나에게 던지는 의문이나 다름없었다.

해산물 요리를 하던 첫날 삶고, 찌고, 굽고, 볶고, 튀기고, 요리사들도 모르는 요리까지 척척 해냈다.

이상하다 싶어 자작 성에 있는 대장간에 가서 무기를 만들어봤는데 오래된 장인처럼 검을 만들 수 있었다.

분명 10번의 삶을 샅샅이 떠올려 봐도 요리는 제법 했어도 대장간에서 망치를 휘두른 적은 없었다.

의심할 곳은 미헬라에게서 넘어온 기생체뿐. 하지만 미헬라가 무기를 만들기 위해 망치질을 했다?

차라리 내가 10번의 삶을 살면서 기억을 상실했다는 편이 더 타당성이 있어 보인다.

혹시 내가 유희 중인가, 라는 생각이 들기도 했다. 근데 10명의 삶을, 그리고 전 삶의 주검까지 확인했는데 그럴 가능성 역시 없었다.

"하아~ 무슨 인생이 이렇게 머리가 아프냐."

그냥 생각하지 않는 게 최곤데 시간이 날 때마다 자꾸 생각하게 된다.

찌잉찌잉!

수정구 우는 소리에 상념에서 벗어났다.

"응, 젠느."

―에리안이 일찍 왔는데 점심으로 회 먹으러 가도 돼? 재료는 있어?

가게 2층과 저택은 연결되어 있었다.

"없으면 바다에 잠깐 갔다 오면 되지. 다음부터는 그냥 와. 뭐 먹을래?"

—참치회랑 초밥. 에리안은 문어회, 베루는… 먹을 수 있는 건 다.

"2층에 대기하고 있으면 루르가 보내줄 거야."

—알았어, 지금 갈게.

수정구를 끊고 얼마 되지 않아 2층에 기사단장과 부단장까지 해서 여섯 명이 도착했다.

"루르, 지금부터 만드는 건 위층에 갖다 줘라."

"알겠습니다."

"시작은 참치회가 좋겠지."

냉동시켜 둔 참치를 먹기 좋게 자르기만 하면 됐기에 금방 서너 개의 접시가 만들어졌다.

그 다음으로 율리가 먹을 만한 생선죽, 게찜, 문어회, 초밥을 순서대로 올려 보냈다.

마지막으로 커다란 그릇에 냉물회를 만들어 직접 들고 올라갔다.

"저희가 내려갔어야 하는데 죄송합니다, 아우스 님."

계단 쪽에 앉아 있던 기사단장과 부단장이 일어나서 인사했다.

"제가 좋아서 하는 일이니 신경 쓰지 마세요. 입맛엔 맞습니까?"

"죄곱니다. 앞으로 해물은 다른 곳에서 못 먹을 것 같습니다."

"하하! 최고의 칭찬이네요. 이것도 드세요."

"사양을 할 엄두가 안 나네요."

두 사람의 그릇에 두 국자씩 퍼주고 안쪽 테이블로 간다.

"일찍 왔네?"

에리안에게 묻는 질문이었다.

"오늘 루이 폐하의 생일이거든."

"그럼 축하 파티라도 열어야 하는 거 아냐?"

"거추장스러운 걸 싫어하시는 분이잖아. 그냥 왕비 될 분의 가족들과 식사를 하신대."

"헐! 그 꼬맹이가 벌써 결혼할 때가 됐나?"

"말조심해. 아무리 네가 강하다고 해도 그럼 안 되는 거야. 그럼 내가 폐하께 고개를 숙이는 게 얼마나 이상하겠어."

하여간 고지식하긴.

"미안. 루이 왕이 올해 11살 아닌가? 근데 예비 왕비가 있다고?"

"왕가에 아무도 없잖아. 그리고 당장 결혼하시는 게 아니라 4년 후 성년식과 함께 결혼하실 거야."

"그렇구나."

자리에 앉아서 나도 함께 냉물회 한 그릇을 먹었다. 함께할 수 있을 때 가급적 함께할 생각이다.

"손님이 왔네. 내려가 볼게. 혹시 더 먹고 싶은 거 있는 사람?"

다들 고개를 저었다.

율리의 볼에 뽀뽀를 한 후에 다시 주방으로 갔다.

식당은 며칠 해본 결과, 2시부터 4시까지는 무척 한가했다.

"루르, 나무 그늘에 가서 한숨 자고 와라."

"감사합니다!"

처음엔 머뭇거리더니 이젠 그럴 필요가 없음을 알았는지 금세 밖으로 달려갔다.

"꼬맹이 손님들이 슬슬 올 때가 됐는데."

사흘 전 6시에 퇴근을 하려는데 꼬맹이 둘이 조금 떨어진 곳에서 가게 쪽을 보고 있음을 알게 됐다. 하지만 고작 10살 전후인 아이들이 무슨 짓을 할까 싶어 무시했었다.

한데 어제 회를 뜨고 얼려서 버려둔 생선 잔해물이 사라졌음을 발견하곤 두 꼬맹이가 무얼 하는지 알 수 있었다. 그래서 어제 저녁 아이들을 보고 이 시간에 오라고 해뒀다.

꼬맹이 둘이 잠시 후 숲을 통과해 가게 쪽으로 왔다. 그리고 쭈뼛거리며 가게로 들어왔다.

"앉아서 이거 먹으렴."

게찜을 아이들이 먹기 좋게 잘라서 줬다.

두 아이는 잠시 내 얼굴을 쳐다보다가 내가 고개를 끄덕이자 그제야 먹기 시작했다.

둘을 물끄러미 바라보니 과거 뒷골목을 전전할 때가 떠올라 괜스레 짠해졌다.

"둘은 형제?"

쩝쩝!

"…예!"

"저기 숲 뒤에 있는 마을에 살아?"

"네. …근데 집은 없어요."

전쟁으로 인해 고아가 많이 생겼다.

"그렇구나. 근데 생선뼈는 왜 가져갔어?"

"…죄송해요."

"하하! 혼내려는 게 아냐. 어제도 말했지만 어차피 버리는 것이라 얼마든지 가져가도 된단다. 다만 이유가 궁금해서 그래."

"…푹 끓이면 먹을 게 많거든요. 같이 지내는 친구들과 나눠 먹어요."

"혹시 너희들에게 구걸을 시키는 사람이 있니?"

"…그, 그건 아니에요."

"그럼?"

"…그냥요."

"알았다. 그 문젠 더 묻지 않으마. 근데 뼈다귀 말고 직접 일을 해서 더 좋은 것을 가져가지 그러냐?"

"저랑 동생은 어려요."

"일을 시켜주는 곳이 거의 없겠구나?"

형으로 보이는 아이는 시무룩한 표정으로 고개를 끄덕이는 걸로 대답을 대신했다.

"내가 너희 둘을 직원으로 쓴다면 어쩌겠니? 돈도 주고 남는 고기 중 일부는 둘이 가져가도 좋다."

"…정말요?"

"그래. 대신 열심히 일해야 한다."

"예, 물론이에요!"

"좋아. 몇 시부터 몇 시까지 할 수 있지?"

"아침 8시 이후론 괜찮아요. 그리고 저녁엔 8시까지만 들어가면 돼요."

"그럼 9시까지 여기로 오너라. 그리고 6시에 퇴근하는 걸로 하자."

음식점을 여는 것까진 좋았지만 언제 무슨 일이 있을지 몰랐다. 그래서 자리 비울 때를 대비해 미리미리 루르에게 주방을 맡길 생각이었다.

아침, 점심, 저녁을 먹여줘서인지 11살인 안소니와 10살인 조니는 부지런히 일했다.

손님이 없어도 한시를 쉬지 않고 일했고 난 그저 지켜만 봤다.

일주일 정도 지나고 첫 주급을 줄 때 가게에서 자라고 했지만 둘은 한사코 거절하며 마을로 돌아갔다. 그리고 다음 날 아침엔 오지 않았다.

"안 올 애들이 아닌데 웬일이죠?"

그새 정이 들었는지 루르가 걱정스레 물었다.

"글쎄다. 곧 오겠지."

말대로 그들은 10시쯤에 왔다. 물론 몇 명의 덩치와 함께였다.

"어이~ 여기 주인이 누구야?"

거지꼴을 한 이들 중 가장 화려하고(?) 살집이 좋은 이가 문을 열고 들어오며 말했다.

"이놈! 이분이 누구인지……."

루르가 소리치는 걸 막고 주방에서 나갔다.

"난데 왜?"

"꽤 젊은 놈이군. 니가 이 둘을 부려먹었냐?"

"정당하게 돈을 줬는데?"

"이 자식이! 반 토막 난 빵만 처먹었나. 말이 상당히 짧다?"

"너도 짧잖아. 길게 얘기하기 귀찮으니까 얼른 본론부터 말해."

옆에 수하 두 명이 손에 침을 퉤 뱉으며 나서려 했다. 그러자 살집 좋은 녀석이 막으며 말했다.

"애들이라고 너무 싸게 부려먹은 거 아냐? 일주일 동안 12시간씩 일했는데 42은이 뭐야?"

"내가 보기엔 꽤 적당한 가격 같은데. 왜 부족한가?"

"물론. 한 달이면 고작 1금 68은에 불과한데 그걸로 먹고살 수나 있겠어?"

"돼지 같은 새끼가 뺏어먹지만 않는다면 가능할 것 같은데?"

"…이 자식이 보자 보자 하니까! 가게를 다 때려 부숴야 정신을 차리겠어?!"

그는 테이블을 힘껏 내려쳤다.

빠악! 뭔가 부러지는 소리가 났지만 테이블은 멀쩡했다. 나무뿌리를 이용해 만들고 강화 마법까지 걸어둔 건데 부서질 리가 없다.

"부수지도 못하는 주제에."

"시끄러워!"

"니가 더 시끄럽거든. 원하는 게 돈이냐? 좋아, 주지. 대신 저 아이들을 사고 싶다."

"오호! 노예로 사겠다? 비쌀 텐데?"

"저만한 애들이야 50금 정도 하겠지. 얼마면 되는데?"

덩치는 욕심에 눈을 번들거리며 머리를 굴렸다. 그러다 말했다.

"70금! 이 두 놈은 아주 똑똑하거든."

"말도 안 되는 소립니다. 70금이면 성인 노예의 가격입니다."

루르가 말했지만 난 조용히 검지를 입술에 대며 조용히 하라고 말했다.

"좋아, 70금. 근데 혹시 안소니와 조니 같은 애들이 더 있나? 있으면 원하는 대로 사주지. 단! 납치를 해서 오면 곤란해."

"…돈은 있고?"

난 대답 대신 지갑에서 커다란 금화 주머니를 꺼내서 테이블 위에 올렸다.

"100명분은 넘을걸. 시간 없으니까 얼른 결정해. 두 명분 140금만 받고 가든가."

금화를 본 덩치는 눈이 돌아갔다. 아마 내가 병신처럼 보였을 수도 있을 것이다.

조금만 머리가 있었어도 이상하다는 걸 눈치챘을 텐데 그는 그러지 못했다. 덩치는 수하들에게 당장 애들을 데리고 오라고 명령했다.

"애들 올 때까지 좀 나가 있겠나? 냄새가 나서 영업을 할 수가 없잖아."

"흥! 어설픈 수작 부리지 마. 그러다 죽어."

"걱정 마. 돈은 확실하게 지불할 테니."

1시간쯤 지났을까, 숲 쪽에서 우르르 몰려오는 것이 느껴졌다.

루르에게 가게를 맡기고 덩치가 있는 곳으로 갔다.

"데리고 왔다. 모두 스물다섯 명. 1,750금이다."

덩치는 불안한지 양손에 애들의 목덜미를 잡은 채 말했다.

"안소니, 이 애들이 너랑 지내던 애들 맞니? 빠진 애들은 없고?"

안소니는 고개를 끄덕였다.

난 1,750금을 세어 덩치에게 던졌다. 그제야 덩치는 애들을 놓아줬다.

"좋은 거래였다."

"나 역시. 얘들아, 이쪽으로 오너라."

애들은 후다닥 달려와 내 뒤에 섰고 덩치는 희희낙락하며 수하들과 가려고 했다.

"이봐. 계산은 확실하게 하고 가야지."

난 덩치를 불러 세웠다.

"…무슨 오크 풀 뜯어 먹는 소리야?"

"내 노예들이 전에 너한테 노동을 착취당했다는데 그에 대한 돈은 주고 가야 하지 않겠어? 1인당 70금씩이면 딱 맞을 것 같은데."

"이 자식이 누굴 놀리는 거야? 죽고 싶냐?"

"그건 내가 할 말 같은데?"

딱! 일부러 손가락을 튕겼다.

"어?! 어어! 이게 뭐야!"

"괴, 괴물. 대장!"

나무뿌리와 풀들이 자라 그들을 옭아맸다.

"마, 마법사!"

"그래, 맞아. 마법사야. 하지만 그리 나쁜 마법사는 아냐. 내 노예들을 착취한 대가를 줄래? 아님 그냥 땅으로 들어가서 죽을래?"

"나쁜 놈! 노예를 샀다고 그전에 노동한 값을 내놓으라는 놈이 세상에 어디 있냐?"

"훗! 세상에 불쌍한 애들을 동냥질시켜서 배부르게 먹다가 팔아먹은 놈한테 그런 소리 듣기 싫은데? 그리고 계속 반말해 봐."

드득! 드드득!

나무뿌리가 덩치를 땅으로 반쯤 끌고 가자 그는 그제야 상황을 파악했다.

"자, 잘못했습니다, 마법사 나리! 여, 여기 금화가 있습니다."

"쯧! 진즉에 그럴 것이지. 너희들 몸값은 다시 받았으니 너희는 노예가 아니다. 알겠냐?"

"…네."

"목소리가 영 시원찮네. 왜, 노예가 되고 싶으냐?"

"아니에요!"

"아니라니 다행이군. 그나저나 너희들은 어떻게 해야 할까?"

"사, 살려주십시오! 두 번 다시 이런 짓 하지 않겠습니다."

내가 다가가자 그들은 싹싹 빌며 말했다.

"아냐. 한 번 편한 걸 맛보고 나면 그 다음부터는 일하기가 싫어져. 내가 예전에 해봐서 알아."

"절대 아닙니다! 열심히 살겠습니다."

"진짜 열심히 살 거야?"

"물론입니다. 제 힘으로 벌어먹고 살겠습니다."

"그렇게 말하니 믿어주는 수밖에. 대신 내가 열심히 살 수밖에 없는 곳으로 보내줄게."

"네? 풀어주는 게 아니라 보내준다고……."

그들의 말이 끝나기도 전에 동대륙 야리힐 산맥 근처에 있는 캐릴 영지로 덩치와 세 사람을 보냈다.

아마 열심히 일해야 먹고살 수 있을 것이다.

"그나저나 이 꼬맹이들을 어떻게 한다."

에리안이나 젠느가 보면 기겁을 할 것이다.

아이들이 머물 곳은 가게 뒤쪽으로 뿌리를 이용해 집 두 채를 짓는 것으로 해결됐다.

문제는 일이었다. 식당은 셋으로 충분했다. 그렇다고 성인이 될 때까지 마냥 놀고먹게 할 수는 없는 일.

결국 어선을 만들어 낚시를 해 물고기를 잡게 해주었다. 그리고 낚은 물고기는 전량 음식점에서 소화시켜 주기로 했다.

처음엔 하루 종일 낚시를 하고도 몇 마리 못 잡아 오더니 며칠 익숙해지자 물 반 고기 반이라고 할 정도로 생선이 풍부해서인지 곧잘 물고기를 잡아 왔다.

식당에서 서른 명 가까이를 먹여 살리는 구조가 우습긴 했지만 그럭저럭 잘 운영됐다.

다만 아이들이 돈을 벌면서 위험할 수 있었기에 에리안이 병사들의 초소를 운영했다.

"자! 오늘은 70은이구나. 고생했다."

"감사합니다, 아저씨."

"안소니, 살아 있는 물고기는 수조에 넣고, 죽은 물고기는 내장을 제거하고 냉동고에 넣어둬라."

"네, 아저씨."

처음엔 호칭이 마법사, 백작, 아저씨, 오빠, 형 등 제각각이라 아저씨로 통일시켰다.

"루르, 회 한 접시 떠봐라. 오늘은 이만 정리하고 술이나 한잔해야겠다."

"예! 잠시만 기다리십시오."

몇 달 동안 칼을 만지더니 루르는 이제 혼자서도 가게를 운영할 정도로 잘했다.

하지만 그가 뜬 회 맛을 보기도 전에 에리안에게서 호출이 왔다.

―…아우스, 신전의 일부가 무너졌어.

"어쩌다가?"

―큰 돌을 옮기다가 굴러 떨어졌나 봐. 그래서 공사가 지연될 것 같아. 아라 신에 노하진 않으실까?

"다시 만들라고 하곤 별로 신경 쓰지 않을걸. 꽤 많은 사람이 다쳤겠네?"

―2,000여 명이 죽고 3,000여 명이 다쳤어.

"쯧! 조심하지 않고."

일부가 무너졌다고 해서 대수롭지 않게 생각했는데 5,000명의 사상자를 냈다면 상당히 큰일이다.

―다친 사람이 문제가 아냐. 제국과 왕국에서 아라 신께서 화를 내지는 않을까 노심초사하고 있어. 그 때문에 나에게 계

속 연락이 오고 있고.

"얼마나 밀릴 것 같은데?"

─나도 듣기만 했는데 1년 정도 더 걸릴 것 같대.

"알았어. 알아보고 바로 알려줄게."

수정구를 끊고 아라에게 의지를 보냈다.

[아라 님, 대화가 가능하십니까?]

[응, 말해.]

[신전 공사 중 사고가 있었습니다. 그래서 1년 정도 더 걸릴 것 같은데요.]

[기존 공사 기간에서 6개월 더 줄게.]

1년이 걸린다는데 6개월 만에 끝내라는 건 무슨 심보일까?

[더 연기가 되면 곤란해. 그리고 신전을 만드는 데 사람이 죽어나가면 오히려 내 인식이 나빠지지 않겠어?]

[그건 그렇죠.]

[네가 관리를 하든지 황제와 왕에게 경고를 하든지 사고 없이 잘 마무리해.]

나보고 관리 감독 하라는 소리잖아!

[왜 대답이 없어?]

[…알겠습니다.]

의지를 끊고 에리안에게 수정구로 연락했다.

─뭐라고 하셔?

"…6개월 더 준대. 그리고 아무래도 내가 가서 관리 감독을 해야 할 것 같아."

─한동안 오래 머문다 했다.

"텔레포트진 만들어줄 테니 놀러와."

─됐어. 힘들게 일하는 사람 염장 지를 일 있어? 아무튼 각
국에 말해서 네가 최고 관리자로 간다고 연락하라고 할게.

"한 가지 더 전해줘. 관리 감독을 명분으로 일하지 않고 빈
둥거릴 자들은 알아서 본국으로 귀환시키라고 해. 귀찮은 건
딱 질색이니까."

─이럴 때 보면 네가 무서운 존재라는 걸 알겠어. 알았어. 그
렇게 전할게. 저녁은 같이 먹자. 너 가면 맛있는 거 못 먹잖아.

"훗! 가기 전날까지 부려먹는 거야?"

─무서운 널 내가 부려먹는다고 자랑할까 봐.

에리안의 말에 피식 웃음이 나왔다.

수정구를 끊고 루르와 아이들에게 자리를 비우게 됐음을
알렸다.

*　　　*　　　*

이틀 동안 정리를 하고 신전 공사를 총괄하고 있는 본부로
이동했다. 아이러니하게 과거 뮬터 공작가의 수도 저택이 본부
였다.

저택의 정원에 나타나자 주변에 있던 이들이 무슨 상황인

가 싫어 쳐다본다.

그때 저택 입구에 서 있는 이들이 우르르 몰려왔다. 그들 중 50대 초반으로 보이는 7서클 마도사가 대표로 말했다.

"아우스 님이십니까?"

"그렇다."

일을 할 땐 강하게 나가는 것이 좋은 것 같아 반말을 하기로 마음을 먹고 왔다.

"뮤트 제국의 지다 백작입니다. 신전 공사장의 각국 책임자를 대표하고 있습니다."

"여기 있는 사람들이 대표인가?"

"예. 전 플린 왕국의 네트 자작입니다."

"전 에스란 왕국의 리키트 백작입니다."

……

도란스 삼국, 발칸에서 갈라진 삼국 룬멜, 바르트, 칸트론, 칸켈, 심지어 얼음 왕국 비알에서까지 책임자를 파견했다.

"신전 공사의 개요와 이번 사건에 대해서 간단히 들어보기로 하지."

"안으로 들어가시죠."

각국에서 무슨 말을 들었는지 모르지만 귀족들은 다들 저자세였다.

일을 하기엔 편할 것 같았기에 굳이 편하게 대하라는 말은 하지 않았다.

"공사장의 인원 관리를 맡고 있는 제가 말씀드리죠."

상당히 긴 의자의 가운데에 앉자 룬멜의 덴버 백작이 일어나 말했다.

"현재 일하는 인원은 110만 명입니다. 뮤트 제국에서 20만을 파견해 가장 많고, 대부분 10만 명 내외를 보냈습니다. 공사 진척은 사고 이전에 85퍼센트까지 갔다가 지금 다시… 65퍼센트로 내려간 상태입니다."

덴버는 백작은 그동안 열심히 일했다는 걸 보여주려는 듯 아주 세세한 부분까지 설명했다.

"사고는 어떻게 일어난 거지?"

"거대한 조각상을 올리는데 위에서 일하던 일꾼 중 두 명이 힘을 버티지 못하고 쓰러지면서 연쇄 반응이 일어났습니다. 근데 그게……."

덴버는 바르트 왕국의 타스크 자작을 흘깃 보며 말을 주저했다.

"숨기는 게 없었으면 하는데."

"아직 저희들끼리도 논의 중이었던 것이라."

"그럼 나도 그 논의에 끼도록 하는 걸로 하고 말해."

"…그때 일하던 일꾼들이 바르트 왕국민인데 소문에는 제대로 먹지를 못해……."

"모함입니다! 굶기다니요. 그런 일 없습니다! 위에서 무슨 일이 있었는지 모르지만 피해를 우리 왕국으로 돌리려는 건 너무 무책임합니다."

"바르트 일꾼들이 한동안 비척거리며 일을 제대로 못 하고 다른 나라 일꾼들에게 구걸을 하고 다닌다는 건 모두가 아는 사실입니다!"

"고향에 있는 가족들에게 보내기 위해 굶은 것까지 내 책임 이란 말이요!"

"그래서 정확히 조사를 해보자는 거 아닙니까!"

"결론을 내놓고 조사를 하자는데 공정성을 의심할 수밖에 없습니다."

짝짝!

박수를 두 번 쳐서 싸움을 말렸다.

"대충 무슨 얘기지 알겠어. 그보다 우선 식사는 어떤 식으로 하고 있지?"

"각국의 일꾼은 각국에서 알아서 하고 있습니다."

"왜 그런 거지?"

"나라마다 사정이 다릅니다. 일당 역시 각 나라의 경제 사정에 따라 정해졌고요."

"가장 많은 곳과 가장 적은 곳은?"

"위험수당이 없는 일의 경우 뮤트 제국이 20은, 바르트가 10은입니다."

"위험수당이 있나 보군."

"네. 아무래도 높은 곳에서 일을 하면 위험하니까요. 위험수당의 경우 각국이 공동으로 마련한 기금에서 5은씩 지불하고 있습니다. 바르트의 일꾼들이 위험한 일에 가장 많이 투입되었고요."

"음, 바르트가 위험한 일을 자원하다 보니 그런 오해를 받았을 수 있겠군."

"…그, 그렇습니다! 이해해 주셔서 감사합니다!"

"다음에도 이런 일이 발생하면 다시 오해가 받기 쉬울 터. 그래서 내가 대안을 마련했는데 말이야."

조금 전 두 사람이 말싸움을 하고 있을 때 바르트의 타스크 자작이 거짓말을 하면서 초조해하고 있음을 알게 됐다.

하지만 그것만으로 그들 의심하긴 일렀다.

사건에 대해서는 일을 진행하면서 알아보면 될 터. 일단은 일이 원활하게 진행하는 게 우선이다.

책임자들을 찬찬히 둘러보며 말을 이었다.

"앞으로 급여와 식량 배급은 한곳에서 관리한다. 일급은 20은. 위험수당은 10은. 주급으로 지급을 할 것이니 미리미리 돈과 식량을 내놓도록."

"마, 말도 안 됩니다. 20은이라니요. 바르트에는 그만한 재정이 없습니다. 그리고 식량과 급여는 각국에서 알아서 하는 걸로 약속하지 않았습니까?"

"난 약속한 적 없는데?"

"하지만……."

"돈과 식량이 없어? 내가 직접 가서 받아와 볼까?"

"……."

"다른 나라 책임자들은 어때? 원한다면 내가 받아 올게. 대신 바쁜 내가 움직인 것에 대한 대가는 받아낼 거야. 어떻게 할래?"

"뮤트 제국은 불만이 없습니다."

"플린 왕국도 아우스 님의 생각에 동의합니다."

"우리 룬멜 역시……."

바르트를 제외하고는 모두 찬성했다.

"타스크 자작은 내가 방문을 해줬으면 하나 보군. 알았어. 내가 지금 당장 가서……."

"아, 아닙니다. 저도 당연히 찬성입니다."

"좋아. 바뀌는 건 없다. 다만 식량과 돈이 한곳에 모였다가 나가는 것뿐."

"한데 책임자는 누구로 하시겠습니까?"

"어떻게 했으면 좋겠나?"

"보급 창고만 이곳 옆 건물로 옮기면 됩니다. 아우스 님이 책임자를 정해 그 사람이 나가는 숫자만 파악하면 됩니다."

"괜찮은 생각이군. 회의가 끝난 후 각국에서 똑똑한 사람으로 세 명씩만 보내줘. 그들로 감시단 겸 책임자로 만들 테니까."

"알겠습니다!"

"자! 회의를 계속 진행하지."

잠깐 옆으로 샜지만 회의는 다시 원래대로 돌아왔다.

5년간 100만 명이 넘는 인원이 참여한 공사를 몇 시간의 설명으로 다 이해하긴 힘들었지만 대략적인 진행 상황에 대해선 확실하게 알 수 있었다.

"긴 시간 동안 잘 들었다. 기존에 완공 예정일에서 6개월 시간을 더 얻었을 뿐이다. 즉, 1년이 채 남지 않았다. 난 그동안 반드시 완성을 시킬 생각이다. 그리고 그것을 위해서라면 무슨 짓이라도 할 수 있다."

대놓고 하는 협박이다.

"일꾼들을 필요 이상으로 닦달하라는 것은 아니다. 지금까지처럼만 일을 시켜라. 나머지는 내가 알아서 한다. 알았나?"

"예!"

"마지막으로 한 가지 더. 한동안 이것저것 물을 것이 많을 거다. 근무하는 시간만큼은 부르면 즉각적으로 오길 바란다. 정 불편하면 부관이라도 대기시켜 둘 수 있도록. 이상이다. 이만 각자 돌아가서 일봐도 좋다."

다들 나가는데 지다 백작이 남아 물었다.

"저녁에 연회를 준비할 생각인데 어떠십니까? 현장의 주요 인물들은 다 모일 겁니다."

"그것도 괜찮겠군."

"그럼 허락하신 걸로 알고 준비하겠습니다."

신전 공사 현장에서의 첫날은 이렇게 시작됐다.

각국 책임자들과 회의를 끝내고 간 곳은 환자들이 모여 있는 임시 천막촌.

가까이 가자 치료소라는 팻말이 꽂혀 있지 않아도 알 수 있을 만큼 수많은 천막에서 흘러나오는 신음 소리와 피 냄새로 가득하다.

막 입구로 들어서는데 아라교 신도로 보이는 이들이 시체를 들고 나오고 있었다.

내가 그 시체를 물끄러미 바라보고 있자 안내를 자처한 덴버 백작이 변명하듯 말했다.

"간간히 저희도 치료를 하고 있는데 치료사가 턱없이 부족합니다."

거짓은 아니었다.

안으로 들어가자 역겨운 냄새가 더욱 짙어졌다. 지하 수로와는 또 다른 기분 나쁜 냄새다.

"신관님, 여기 환자가 위급해 보입니다!"

한 천막 안으로 들어가자 한 명의 신관과 여러 명의 신도들이 치료를 하는 데 여념이 없었다. 그러나 100여 명이 넘는 환자들을 다 돌보기엔 무리였다.

게다가 신관은 마나도 거의 없었다.

"비켜보게. 힐링!"

신관은 억지로 마나를 쥐어짜 힐링을 펼쳤다. 그러나 고통에 겨워하는 환자에겐 그저 잠깐 괜찮아질 정도밖에 되지 않았다.

털썩!

마법을 펼친 신관이 주저앉았다. 마나 탈진 증세였다.

"시, 신관님! 이러다 신관님이 먼저 돌아가시겠습니다. 벌써 이틀째 한숨도 못 주무셨습니다!"

"괘, 괜찮네. 잠깐 쉬면… 쿨럭!"

피를 토하는 신관. 그도 더 이상 무리하면 안 된다는 걸 아는지 그대로 주저앉은 채 중얼거렸다.

"아라 신이시여, 당신께서 신전 따윈 필요 없다 가르치지 않으셨습니까. 한데 신전으로 인해 이렇게 고통받는 이들이 보이지 않으십니까? 정녕 저희를 사랑하신다면 신전 공사를 멈추게 해주십시오. 그게 아니라면… 이들을 치료할 수 있는 힘을 제게 주십시오."

신 따윈, 기적 따윈 없다고 말해주고 싶었다.

그러나 그의 절절한 표정에 마음이 움직였다.

'리커버리!'

그에게 리커버리를 펼쳤다.

화악!

"오오, 신이 응답하신다!"

신관의 외치는 소리에 멈출까 하다가 이왕 시작한 일, 끝을 보자는 심정으로 그의 몸에서 빛이 터져 나오게 만들었다.

그리고 마치 정말 신의 은총을 받은 것처럼 빛이 점점 커지며 번져갔다.

'광역 리커버리!'

치료소 일대를 범위로 정하고 광범위한 치료 마법을 지속적으로 펼쳤다. 그와 함께 주변의 마나를 끌어와 천막에 있는 환자는 물론 신관, 신도들의 몸에 마나를 밀어 넣었다.

"기적이 펼쳐진다!"

신관의 외침처럼 다리가 부러졌던 환자는 다리가 붙었고, 머리가 깨졌던 이는 머리가 나았다.

잘린 팔다리가 돋아나진 않았지만 방금 전까지 아파서 끙끙대던 이들이 침대에서 일어났다. 그리고 깨끗하게 나은 이들은 신관과 마찬가지로 무릎을 꿇고 아라 신을 경배했다.

"…아우스 님이 하신 일이십니까?"

덴버 백작이 다 안다는 표정으로 물었다.

"아니, 저 신관이 한 거지."

"그렇군요. 더 이상 볼 환자도 없는 것 같은데 다른 곳으로 가시겠습니까?"

"이제 나 혼자 천천히 둘러볼 테니 백작은 백작 일을 보도록 해."

"알겠습니다. 참! 테린 왕께서 전하라는 말이 있었는데 깜박했습니다."

"테린 백작, 아니, 이제 왕이군. 뭐라든가?"

"덕분에 미테 왕자를 낳아 잘 기르고 있다고 전하라 하셨습니다."

"훗! 누가 들으면 내가 낳은 줄 알겠네."

"혹 전할 말씀은?"

"인성 교육이 최고라고 전해. 그럼 난 돌아보고 저녁때쯤 저택으로 갈게."

덴버 백작을 뒤로하고 공사 현장으로 향했다.

*   *   *

공사 현장을 둘러보는 건 하루 이틀로는 불가능했다.

"산책 간다. 연락할 일 있으면 수정구로 불러."

"예, 아우스 님!"

각국에서 보낸 똘똘한 인재들에게 일을 맡기고 난 오늘도 공사 현장으로 향했다.

필요 없는 건물을 무너뜨려 벽돌을 만드는 현장을 둘러보는데 험상궂은 중년 남자가 버럭 소리를 질렀다.

"야! 넌 왜 일 안 하고 돌아다녀? 일당 받기 싫어?"

110만 명의 일꾼과 관리자만 수만 명이니 하위 관리자들이 내 얼굴을 알 리가 만무했다.

"본부 소속이오."

"…아! 그렇습니까? 죄송합니다."

"신경 쓰지 마시오. 그저 둘러보는 것이니."

"천천히 둘러보십쇼."

"그러죠. 근데 여긴 어느 나라 소속이오?"

둘러본다고 하면서 난 사내 옆에 섰다.

현장감독의 자리가 가장 잘 보이는 곳이기도 했지만 직접 물어봐야 알 수 있는 것도 있었다.

"…뮤트 제국입니다만."

"일하는 데 힘든 건 없소?"

"혹시 감찰반에서 나왔습니까? 우린 잘못한 거 하나도 없습니다."

"감찰반은 무슨. 고충 처리반이라고 들어봤소?"

"…그렇게 있었습니까?"

"이번 사고로 생겼소. 불편한 것들을 미리미리 알아내고 고쳐서 두 번 다시 사고가 일어나지 않게 하기 위한 대책을 마련하는 곳이라 생각하면 되오."

"별놈의 것이 다 생기는군요. 아! 당신께 한 말은 아닙니다."

"원래 윗사람들이야 A를 해결하기 위해 B를 만들어내고 또 그것을 보조하기 위해 C를 만들어내지 않소. 우리 같은 사람이야 시키면 시키는 대로 해야지 별수 있소."

"하긴. 난 다른 건 불만 없습니다. 가족과 떨어져 지낸다는 걸 빼면 여기서나 제국에서나 똑같은 일을 하며 먹고사니까 말입니다. 단 한 가지! 공사 현장 뒤쪽에 생겨난 가게들 물건값 좀 낮춰줬으면 좋겠습니다. 이 일을 하면서 분명 돈은 더 많이 버는데 팍팍하기는 몇 배나 더 힘드니."

110만 명이 일하는 곳인지라 공사 현장 뒤쪽으로는 거대한 유흥가가 형성되어 있었다.

그곳에 대한 얘기가 제법 나왔는데 가장 큰 불만은 역시 가격이다.

"많이 비싼가 보군요. 알아보는 사람마다 비싸다고 그러더군요."

"싸구려 곡주가 제가 살았던 곳의 4배입니다. 집에 돈 보내고 계집이라도 안아보려면 몇 달은 아무것도 못 합니다. 물론 계집이야 참을 수 있지만 이런 막노동하는 놈들에게 술은 고단함을 잊기 위해 필수인데 가격이 천정부지니. 그래서 직접 만들어 먹는… 헙! 바, 방금 얘긴……."

"술 만들어 먹는 거야 문제될 것도 없소. 다만 일할 때 먹으면 곤란한데……."

"듣기론 밤에 몇 잔씩 한답니다. 언강생심 낮에 술을 입에 댈 수야 있나요, 헤헤!"

"다른 불만은 없소?"

"사소한 것들이야 왜 없겠냐마는 그런 것마저 바랄 수야 없죠."

"알았소. 자! 이건 성실하게 대답해 준 대가요. 밤에 드시구려."

술 몇 병을 꺼내줬다.

"오오! 이건 높으신 양반들이 먹는다는 고급술 아닙니까? 감사합니다!"

"그럼 난 일꾼들에게 몇 가지 물어보고 가겠소."

"마음껏 물어보고 가십시오!"

벽돌을 다듬는 일꾼들 역시 유흥가에 대한 불만이 제기됐다.

한 일꾼은 취해서 자고 일어나니 어마어마한 바가지를 썼다고 분통을 터뜨렸다.

'아무래도 들러봐야겠군.'

이 정도면 일꾼들 사기에도 문제가 생길 것 같다.

일꾼이 유흥가를 갈 때 입는다는 평복을 50은에 사서 입은 후 평범한 일꾼처럼 역용을 했다.

유흥가는 예전 발칸 시티의 외성 밖의 빈집을 고쳐서 이용하고 있는데 뮤트 제국 상인들이 모여 만들어진 유흥가, 플린 왕국 상인들이 모여 만들어진 유흥가처럼 나라들마다 각각 운영하고 있었다.

물론 그 나라 국민만 이용할 수 있는 건 아니었다.

내가 처음으로 찾은 곳은 남문으로 나가 왼편에 위치한 가장 크고 화려하다는 뮤트 제국 유흥가였다.

입구에 위치한 커다란 술집의 2층 테라스엔 이른 시간이라 아직 꾸미지 않은 여자들이 가벼운 차림으로 차를 마시고 있었다.

큰 건물의 술집을 지나 안으로 들어가자 양쪽 골목으로 크고 작은 무수한 술집이 보였다.

"일찍 오셨네. 들어오쇼. 이른 시간이니 술 마시면 안주도 조금 드리리다."

하품을 하던 중년의 호객꾼이 손짓을 하며 들어오라고 했다.

"아는 여자를 찾으러 간다면 모를까, 안쪽으로는 아직 문 연 곳이 없을 거요."

내 감각도 안으로 들어가 봐야 별 볼 일 없다고 말하고 있었다.

밤에 다시 올까 하다가 그냥 안으로 들어갔다.

투박한 나무 테이블과 의자. 서민들이 즐겨 찾는 여느 술집과 다를 바가 없었다.

"뭘 드릴까? 맥주? 화주? 화주를 시키면 씹을 거 몇 개는 그냥 드리지."

"그러지 말고 화주에 꼬치구이 2인분 주시오. 대신 심심한데 꼬치나 같이 먹으며 말벗이나 되어주시고."

"그 손님 화끈하네. 그럽시다."

남자가 주방으로 들어가고 난 뒤, 얼마 되지 않아 고기 굽는 냄새가 났고 잠시 후 꼬치구이와 함께 술이 나왔다.

"한잔하시겠소?"

"됐소. 와이프가 일어났을 때 술 냄새가 나면 밥도 못 먹는다오. 이곳에 와서 성질만 늘었지 뭐요. 난 요걸로 만족하겠소."

남자는 꼬치를 들고 말했다.

난 알아서 하라는 듯 고개를 끄덕인 후 술을 한잔했다. 그리고 꼬치를 한 입 먹은 후 물었다.

"장사는 잘됩니까?"

"고향에서 할 때보다는 조금 낫지만 외지에서 고생하는 것치곤 썩 좋다고 할 수 없소. 뭐, 초창기에 들어와서 고향에 있는 아들딸 내외에게 집을 한 채씩 해준 게 번 거라면 번 거지만. 손님이 밤에 확 몰려왔다가 가는 것도 장점이오."

"그게 장점입니까?"

"낮엔 이렇게 한가하지 않소."

"허허! 그렇군요."

사소한 얘기를 하면서 두런두런 얘기를 하다 보니 술 냄새를 못 참겠는지 잔을 내민다.

"나도 한잔 주쇼. 말을 많이 하니 목이 마르네."

"허허! 그럽시다."

술이 몇 잔 오갔을 때 넌지시 물었다.

"근데 내가 듣기론 술값도 기본이 서너 배라던데 진짜 그렇소?"

"서너 배면 뭐 하오. 한 병을 6은에 팔든 5은에 팔든 우린 70쿠퍼만 가지는 걸로 계약이 되어 있소."

"그래요? 그럼 술 도매상이 나머지를 가지는 거요?"

"술 공급은 오로지 상인 연합회에서 한다오."

"아! 그래요?"

"다른 물건들의 경우는 텔레포트 비용이 만만치 않아 비싼 거요. 거기에 상인 연합회에 돈 주고, 용병 협회에 돈 주고, 각종 면목으로 주고 나면 사실 여기 들어올 때 낸 권리금 찾는 것도 쉽지 않소."

"그렇군요. 혹시나 자리가 있으면 들어올까 했는데 만만지 않겠군요."

"술집을 하시려고?"

"고생고생해서 모은 돈이 좀 있었거든요. 요리도 제법이고."

"나 같은 사람 만나 다행인 줄 아쇼. 이 장사도 1년 정도 남은 끝물이라 지금 들어오면 손해만 볼 거요. 내가 그나마 돈을 번 건 초창기에 들어왔기 때문이오."

"허허! 그렇습니까? 주인장 말 들으니 손해를 볼 뻔했구려."

"돈이 많으면 많이 벌 수 있는 일이 있긴 한데."

"오! 무슨 일입니까?"

"맨입으로? 술 한 병 더 드쇼."

"그럽시다. 안주도 다른 걸로 하나 가지고 오세요."

"이 양반 화끈하네."

남자는 화주 한 병에 육포를 가지고 왔다. 그리고 난 후 입을 열었다.

"여자 장사요. 대신 최소 이천 금 정도는 있어야 할 거요."

"헐~ 그런 돈이 있으면 차라리 고향에 땅 좀 사서 편히 살겠소."

"하긴 행색을 보아하니 그 정도는 아닌 것 같소. 여자 장사가 아니면 사기를 치는 건데 잘못 걸리면 교수형이니 안 하는 게 낫고."

주인은 꽤 솔직 담백 하게 말했다.

난 좀 더 알아볼 생각으로 은근한 목소리로 물었다.

"내가 이런 생각도 해봤소. 술을 사와서 2배 정도 가격에 파는 거요. 그런 건 가능하오?"

"가능했으면 누군가가 이미 했겠지. 실제로 했던 이들도 꽤 있고. 하지만 상인 연합회, 용병 협회가 일대를 감시하고 있어 불가능하오. 게다가 혹시 다른 곳은 공급받으면 그 순간 쫓겨 나오."

"상인 연합회의 힘이 엄청난가 보군요?"

"제국에서 손꼽히는 상인들이 다 모여 있으니 그럴 수밖에 요."

문제의 근원은 상인 연합회 같은데 그들의 손이 어디까지 뻗혀져 있는지 의문이긴 하다.

일꾼들의 사기 진작을 위해 하는 일이 오히려 더 곤란한 상황이 될 수 있었다.

"술값이 싸져도 일반 상인들은 문제가 없겠죠?"

"이 양반이 벌써 취했나. 좀 전에 말했지 않소. 우린 병당 70쿠퍼밖에 못 가지오."

"그저 다시 한 번 확인하는 거요."

상인 연합회에서 모두 관장하고 있으니 그리 어려울 것 같지 않았다.

다만 좀 더 자세히 알아봐야 할 것 같았다.

"이러다 취하겠네."

한 곳의 말만 듣고 판단하는 오류를 범하지 않기 위해 유흥가란 유흥가는 다 돌아다니고 있다. 그러다 보니 은근 취했다.

아무래도 안 될 것 같아 취기를 완전히 날려 버리고 마지막 바르트의 유흥가로 들어갔다.

'어라? 여긴 분위기가 완전히 다르네?'

바르트 왕국의 유흥가는 귀족들과 돈 있는 이들이 드나드는 전면 부분은 다른 유흥가와 다를 바 없는데 안쪽으로는 유령도시처럼 거의 비어 있었다.

큰 술집을 지나 골목 안으로 들어가자 서른 개 정도의 술집만 옹기종기 모여 있었다.

한데 퇴근 시간이 지나자 고된 노동을 한 후 술 한잔 먹겠다고 찾아온 손님으로 북적이는 다른 유흥가와 달리 이곳엔 제대로 들어찬 곳이 없다.

가장 사람이 없는 곳으로 들어갔다.

"어서 오십시오. 뭐 드릴까?"

의욕이라곤 보이지 않는 가게 주인이 물었다.

"화주랑 안주 하나 주시오."

"…10은, 선불이요. 워낙 튀는 놈들이 많아서."

"술값이 다른 곳보다 조금 싼 것 같은데 왜 이렇게 손님이 없습니까?"

10은을 건네며 물었다.

"다른 왕국 사람입니까?"

"뮤트 제국 사람입니다."

"사람들이 돈이 있어야 술을 마시지 않겠습니까? 뭐, 모레 사람들이 주급을 받게 되면 어쩔지 모르지만."

"매주 혹은 매달 월급을 받을 텐데요?"

"뮤트 제국이야 그럴지 모르지만 우리 바르트는… 휴우~ 됐습니다. 말해 뭐 하겠습니까. 제 얼굴에 침 뱉기나 다름없지."

주인은 더 이상 얘기하기 싫다는 듯 주방으로 가버렸다.

바르트 왕국이 일꾼들에게 돈을 주지 않고 밥도 굶긴다는 소문이 아무래도 사실인 모양이다.

'모레 지켜보면 알겠지.'

술을 건넬 때 다시 한 번 말을 붙여봤지만 주인은 말하기 싫다는 듯 고개를 저으며 가버렸다.

"이보쇼, 젊은 양반. 나 술 한잔만 주게. 이곳 사정이 궁금한 모양인데 상세하게 설명해 주겠네."

그때 구석에 누워 있던 반백의 노인이 다가와 말했다.

"그럽시다. 잔은……."

"여기 있네. 원하는 만큼 따라주면 되네."

노인은 덜덜덜 떨리는 손으로 커다란 머그잔을 내밀며 말했다.

피식 웃고는 가득 따라줬다. 작지 않은 화주 한 병이 절반쯤 비는 수준이다.

"고맙네. 일단 한 모금 하고 말해주겠네."

노인은 마치 성수를 마시듯이 조심스럽게 입을 대더니 벌컥벌컥 단숨에 한 컵을 마셔 버렸다.

"후우~ 이제야 살 것 같구려."

알코올중독인지 술을 마시고 나자 떨림이 멈췄고 말투까지 바뀌었다.

"물어보게."

"이곳은 다른 곳과 달리 왜 이렇게 썰렁합니까?"

"왕국에서 일꾼들한테 돈을 안 주거든. 먹을 것도 제대로 안 주는데 돈인들 주겠나. 처음 몇 달만 주고 그 다음부터 전혀 주질 않아."

"그래서 술집도 연 곳이 없군요?"

"술집도 다 망했어. 나도 저쪽 안쪽에서 술집을 운영했는데 망했지."

노인의 눈은 점점 내 술병으로 향했다.

그래서 다시 가득 따라줬더니 다시 원샷이다.

아예 술을 두 병 더 시켰다.

"왕국의 사정이 안 좋습니까?"

"안 좋지. 왕과 귀족이라는 작자들이 왕국민들의 돈으로 매일 파티를 하니 돈이 남아날 리가 없지. 발칸 제국일 때가 나았는데."

"…그런 사정이 있었군요."

국민들이 알아서 해야지 내가 관여할 일은 아니다. 다만 일꾼들에게 식사와 돈을 주지 않으면 그땐 나와 관련이 있게 된다.

"영감! 죽고 싶어? 닥쳐요. 손님도 경을 치기 전에 괜한 것 묻지 말고 얌전히 술만 먹고 가시오. 여기저기 감시자들이 돌아다닌단 말이오."

주인은 연신 주변을 두리번거리며 낮고 날카로운 말투로 소리쳤다.

감시자는 없었지만 괜한 사람 다치길 원한 건 아니었기에 노인에게 술을 준 후 일어났다.

"…왜, 왜요?"

내가 갑자기 일어나자 주인은 뭔가 일이 잘못됐나 싶은지 말을 더듬거렸다.

"잊고 있던 게 생각나서요."

유흥가에 대한 조사를 이만 마치기로 했다. 유흥가에 대해서는 가격만 조절하면 될 것 같았다.

푹 자고 일어나서 덴버 백작을 찾았다.

"부르셨습니까?"

"각 왕국 유흥가의 책임자들 불러들여라."

"…그들은 왜요?"

"술값이 너무 비싸서. 왜 비싼지 물어보려고."

"그건……."

"돈이라도 받나?"

"그럴 리가요. 그저 왕국의 유명 상단들인지라."

"돈 안 받았으면 걱정할 거 없어. 당장 불러. 참! 나중에 이상한 소리 나오지 않게 참여할 사람들 있으면 다 참여하라고 해."

"…예. 바로 알리겠습니다."

"1시간 안에 오라고 해. 늦는 놈은 오늘부로 이곳을 떠나게 될 거라고 전해주고."

1시간이면 충분히 올 것이다.

회의실에 각 유흥가의 이름이 적힌 팻말을 놓아두고 커피를 마시며 기다렸다. 40분이 지나자 한 명씩 헐레벌떡 달려왔다.

"각자 팻말 뒤에 앉아."

"…예."

덴버 백작에게 언급을 받았는지 다들 정중하게 인사를 하고 팻말 뒤쪽으로 앉았다.

55분에 들어온 칸켈의 대표들을 마지막으로 더 이상 들어오지 않았다.

"올 사람들은 다 온 것 같으니 문 닫아."

모두 스물아홉 명.

"난 이곳의 책임자로 온 아우스다."

"늦게 인사드려 죄송합니다. 저희가 먼저 모시고 연회를 베풀었어야 하는데."

뮤트 제국의 상인이 대표로 말했다.

"괜찮아. 한 바퀴 휭 하니 돌면서 술 실컷 마셨어."

"미리 연락을 주시지……."

"지금 연락했으니 됐잖아. 난 사실 다른 건 관심 없어. 10개월 조금 더 남은 날 동안 신전이 완성되길 바랄 뿐이다."

"저희는 장사꾼이지 일을 하는 것이 아닙니다."

"알아. 근데 너희가 파는 술값과 안주값 때문에 일꾼들이 의욕이 없대. 일 마치고 술 한잔하고 자면 다음 날 일하기도 좋을 텐데 그럴 수가 없다는 거야. 어떻게 했으면 좋겠냐?"

"말씀드렸다시피 저희는 장사꾼이라……."

"장사꾼이 아니게 해줄까?"

"그게 무슨……."

"유흥가를 다 폐쇄해 버리겠다는 소리야. 그리고 각국에 연락해 다른 상인들 들어오라고 할까?"

"……."

"어떻게 할래? 가격을 내릴래, 아님 내가 술을 사서 일꾼들한테 원가만 받고 팔까?"

"그런 법이⋯⋯."

"제국에 연락해서 그런 법이 있나 없나 물어볼까?"

"아, 아닙니다."

"결정은 너희가 해. 내릴래, 말래?"

"얼마로 하면 되겠습니까?"

"내가 70쿠퍼에 팔라고 하면 팔래? 너희가 정해서 나한테 말해. 아! 텔레포트비 때문에 비싸게 받는다는 소리하지 마. 이제부터 각 나라에서 이곳으로 보내는 물품은 몽땅 무료로 하게 될 테니까. 10분 줄게. 의논해서 가격을 말해."

상인들은 서로의 얼굴을 바라보다가 의논을 했다.

일반 음식점에서 파는 화주의 가격의 원가는 1은 30쿠퍼 전후. 2은 30쿠퍼까진 인정해 줄 생각이다.

"맞다. 상인들한테 70쿠퍼 인정해 준다고 들었는데 그거 깎으면 너희 상인 연합회 소속은 각자 나라에 들어가는 건 포기해야 할 거야. 재산 챙겨서 도피할 생각이면 그렇게 해."

10분 간 논의를 끝낸 그들은 말했다.

"2은 50쿠퍼로 내리겠습니다."

"너희들 신전 공사로 돈을 얼마나 벌려고 그러는 거냐? 그러다 신벌 받게 될 거야."

"하지만 귀족들과 관리자들에겐 저희가 공짜로 술을 대접합니다."

"앞으로 받아. 월급 많이 받는 사람들한테는 공짜로 주고 불쌍한 일꾼들한테 비싸게 받는 이유가 뭔데?"

"…그럼 2은 40쿠, 아니, 2은 30쿠퍼는 어떠십니까?"

"그게 최선이야?"

"저희도 용병을 고용해서 일을 해서 더 이상은 곤란합니다."

"알았어, 2은 30쿠퍼. 더 비싸게 받으면 기대해도 좋아. 탈탈 털어줄 테니까. 음식값은?"

"지금의 3분의 1 수준으로 받겠습니다. 대신 텔레포트 비용은 꼭……."

"걱정 마. 책임자들에게 말해놓을게. 마지막으로 등쳐먹는 놈들이 있다는 소문 들리면 그때 너희들이 책임을 져야 한다."

"그건 저희가 어떻게 할 수가 없습니다."

"용병 고용해서 놀리지 말고 그런데 써먹어. 괜히 밀주 들어오는 거 막지 말고."

"…알겠습니다."

"이만 가봐. 감시는 계속될 거야. 허튼짓 마."

이 정도 했으면 알아들었을 것이다.

＊　　　　＊　　　　＊

오늘은 주급을 주는 날.

예전 방식대로 저녁 식사를 배급할 때 주급을 주는 것으로 합의를 봤는데 각국 관리자들을 교차로 투입시켜 돈을 제대로 지불하는지 감시케 했다.

가령 뮤트 제국의 감시자들은 플린과 칸켈에서 돈을 나눠 주는 걸 감시하고, 플린의 감시자는 룬멜을, 칸켈의 감시자는 칸트론을 감시하는 식이다.

난 역용을 한 상태로 가장 문제가 많은 바르트 지역을 걷고 있었다.

"이야! 이거 얼마 만에 만져보는 돈이냐! 저기 플린 왕국의 유흥가로 가자. 언제 다시 뺏길지도 몰라."

"그러게 말이야. 참! 그거 들었나? 화주값이 2은 30쿠퍼로 내렸대. 안주값도 과거의 3분의 1이래."

"정말? 오늘 가서 두 병씩 마시자고."

대부분 주급을 받은 일꾼들은 돈을 뺏길세라 서둘러 걸음을 옮겼다.

'쯧! 처리해야 하나?'

수군거리는 사람들의 말을 들으면 소문은 모두 사실이었다.

며칠을 굶었는데 요즘 들어 좋아져서 다행이라는 사람, 가족들은 배나 곯지 않고 살고 있는지 걱정된다며 훌쩍이는 사람 등등 대부분 울분을 토하는 한편 다시 정상화 되어가는 것에 안도했다.

귀찮음에 일단 좀 더 지켜보자는 생각을 하며 바르트 지역 외곽으로 향했다.

"야! 거기 너."

한참 걷고 있는데 다른 지역으로 넘어가기 전에 여러 명의 병사가 날 불렀다. 아니, 나뿐만이 아니었다. 조금 전 신이 나서 술집으로 가던 두 사람도 '그럼 그렇지'라는 표정으로 돈을 꺼내 병사들에게 주고 있었다.

"나?"

"이 새끼가 뭘 잘못 먹었나? 나? 우리가 바쁜 걸 다행으로 여겨, 이 자식아! 이리 와서 이름 말하고 받은 주급 내놔."

"주급은 왜? 그거 다시 걷어서 본부에 주려고?"

"…너 뭐야?"

말투나 행동에 이상함을 느꼈는지 병사는 창을 나에게 겨누며 방어 태세를 취했다.

그때 나는 감각을 확장해 바르트 지역을 살폈다. 그리고 여기저기서 똑같은 일이 발생하고 있음을 알았다.

"야! 타스크 자작 어디 있어?"

"…타스크 자작님의 이름을 함부로 부르다니. 네놈의 정체는 뭐냐?"

"나? 여기 책임자."

"…호, 혹시 아우스…님?"

"그래, 됐다. 너희들이 뭘 알겠냐. 내가 직접 그를 만나러 갈게. 그리고 돈 돌려줘라. 너희들이 내일부터 노예처럼 일하기 싫으면."

대답을 듣기도 전에 타스크 자작이 있는 곳을 느끼곤 바로 이동을 했다.

타스크 자작은 몇 명의 귀족과 기사들과 함께 우아한 모습으로 식사를 하고 있었다. 그러자 역용을 푼 내가 나타나자 화들짝 놀라 일어났다.

"아, 아우스 님!"

"이 새끼야! 지금 밥이 넘어가냐?"

"그게 무슨… 악!"

쫘악!

바로 귀싸대기를 날렸다. 그는 선 자세 그대로 방금 전 먹고 있던 음식에 얼굴을 박으며 쓰러졌다.

"내가 일꾼들 주급 주라고 했는데 왜 다시 뺏은 거야? 말해봐."

"그, 그게……."

"확! 똑바로 말 안 해?"

제대로 맞았는지 타스크 자작은 얼른 대답했다.

"바르트 국왕 폐하의 명령이었습니다! 보내줄 돈이 없으니 주급을 돌려서 쓰라고……."

"이런 오크 똥의 기생충만도 못 한 새끼들! 그동안 굶긴 것도 그러한 이유냐?"

"…예! 그렇습니다."

"바르트 왕국 너희들은 안 되겠다."

난 방 안에 있는 자들의 마나를 폐쇄한 후에 테린에게 연락을 했다.

[테린 님.]

[아우스? 이렇게 말하면 되는 건가?]

[네. 혹시 지금 바르트 왕국을 칠 수 있습니까?]

[지금? 갑자기 왜?]

[신전 공사장 일꾼들을 운영할 능력이 없네요. 룬멜에서 하겠다면 제가 도와 드리죠.]

[…하겠네!]

[좋습니다. 일단 왕과 귀족들은 제가 잡아놓을 테니 잘 구슬려서 차지하세요.]

[그렇게 해준다면 쉽지.]

[그럼 전 지금 바르트 왕성으로 이동하겠습니다.]

[성질 급한 건 여전하군.]

연락을 끊고 정신을 바르트 왕성 쪽으로 보냈다. 그리고 한참 파티 중인 그들을 발견할 수 있었다.

한데 노는 모습이 가관도 아니었다.

산더미처럼 쌓여 있는 음식과 술.

옷을 벗고 춤을 추는 무희를 보고 낄낄대는 왕과 파티장 여기저기서 옷을 벗고 뒹구는 신하들.

나는 바로 이동했다.

"누구냐!"

옷을 반쯤 벗고 있던 기사들이 뒤늦게 날 발견하고 다가왔지만 곧 바닥에 납작 엎드렸다.

왕성 전체에 아무도 못 빠져나가게 방어막을 치고 마나 제어 미법까지 펼쳤다. 그리고 바르트의 왕에게 말했다.

"네가 왕이냐?"

"그렇다! 넌 누군데 감히 내 앞에서 고개를 들고 있느냐! 당장 무릎을 꿇어라!"

술에 취했는지 두려움 따윈 전혀 없어 보였다.

"아니, 그럴 필요가 뭐가 있어. 네가 저 위로 올라가면 될 것을."

그의 몸이 붕 떠올라 벽에 걸려 있던 사슴 머리 박제의 뿔에 박혔다.

"꺄악!"

그제야 상황 파악이 됐는지 여기저기서 비명 소리가 터져 나왔다.

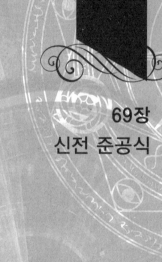

69장

신전 준공식

룬멜이 바르트를 병합하는 데 걸린 기간은 일주일이었다. 내가 왕과 주요 귀족들을 쓸어버렸기 때문이기도 했지만, 원래 한 제국이었고 룬멜의 군사가 온다고 하자 국민들이 알아서 성문을 열어줬기에 가능했다.

제대로 된 싸움 없이 진격만으로 손쉽게 왕국을 집어삼킨 것이다.

아무튼 룬멜이 바르트를 집어삼키고 기존 일꾼들을 관리하기 시작하자 일의 진척은 눈에 띄게 빨라졌다.

물론 그렇다고 아라가 정한 기간까진 준공할 수 있을 것 같진 않았다.

그래서 공사 기간을 줄일 또 다른 방법을 생각하기 위해 다시 공사 현장을 돌았다.

한데 신전의 벽돌을 쌓는 이들이 멍하니 있는 것을 보고 무슨 일인가 싶어 귀를 기울였다.

"야! 톰, 조각 벽돌은 어떻게 됐어?"

"아직입니다."

"얼른 하라고 해. 일꾼들이 하릴없이 쉬고 있잖아."

"예! 알겠습니다."

뛰어가는 톰이라는 일꾼을 따라가 봤다.

엄청 넓은 지역에 수많은 석공이 벽돌에 조각을 새기거나 석상을 만들고 있다.

"길가 님, 조각 벽돌이 없어서 일을 못 하고 있습니다."

"…우리 일하는 건 안 보이냐?"

"빨리 좀 부탁드리겠습니다."

"보채지 마. 우리라고 안 주고 싶어서 안 주겠냐? 빌어먹을 벽돌을 늦게 보내주는데 어쩌라고."

길가의 투덜거림에 톰은 '부탁한다'는 말을 하고 가버렸다.

"이곳에 벽돌을 주는 곳은 어딘가?"

"…뉘슈?"

"본부 책임자."

"헉! 호, 혹시 아우스 님?"

나 때문에 바르트가 망했다는 소문이 룬멜 왕국에 쫙 퍼진 상태다. 물론 난 그걸 적절히 이용하고 있었다.

"그렇다."

"소, 소인이 죽을죄를 졌습니다."

길가는 바닥에 납작 엎드렸다. 나는 그를 일으키며 물었다.

"도대체 무슨 죄를 졌기에?"

"아니, 그게… 아우스 님인 줄 몰라 뵙고 불손한 말투를……."

"내가 누군지 알았어?"

"그럴 리가요! 오늘 처음 뵙습니다."

"한 번도 본 적이 없는 사람을 신도 아닌데 어떻게 알아봐? 쓸데없는 소리 말고 이곳에 벽돌을 공급하는 곳은 어디야? 그저 벽돌이 왜 늦게 왔는지 알고 싶은 것뿐이다."

"그러시군요. 저기 강 쪽으로 가면 벽돌을 만드는 곳이 있습니다."

"고마워."

길가가 가리키는 방향으로 가다 보니 커다란 바위가 여기저기 널려 있는데 채광기를 이용해 그 바위를 벽돌 크기로 자르고 있었다.

난 그곳의 책임자에게 왜 벽돌 공급이 늦어졌는지를 물었고 바위를 공급하는 채석장에서 바위 공급이 늦었다는 걸 알게 됐다.

결국 채석하는 곳까지 갔다.

"어제 채석을 한 돌을 옮기는 뗏목이 부서지면서 기껏 채석한 돌이 물에 가라앉았습니다."

"평소에도 제대로 못 갖다 주는 경우가 자주 있나?"

"제법 많습니다. 채석이라는 것이 워낙 큰 덩어리의 돌을 옮기는 거라 무슨 일이 있을지 모릅니다. 기껏 뗏목까지 가져가다가도 한두 번 엎어지면 일이 배나 힘들어집니다."

"좋아!"

"네? 좋다니요?"

"혼잣말이야. 일단 여기서부터 효율성 좋게 만들어야겠어."

내가 마법을 이용하면 대폭 간소화시킬 수 있다. 그러나 9서클이라고 세상 모든 일을 혼자 하는 것은 바보 같은 짓이다.

"일단 돌을 잘라서 처음으로 옮기는 곳이 어디지?"

"저기 갈라진 돌 위입니다."

"그럼 저기에 하류의 돌을 공급하는 곳까지 텔레포트 마법진을 설치해 주겠다."

"…정말이십니까? 그럼 절반의 인원으로 두 배는 더 많은 돌을 캘 수 있습니다."

"인원을 재배치하고 하루에 소모되는 양을 계산하기 전까진 1.5배만 생산하게."

"그렇게 하겠습니다."

나는 검을 이용해 석판 위에다가 마나석 없이 시간당 한 번씩 사용이 가능한 텔레포트 마법진과 손상되지 않도록 강화 마법진을 새겼다.

돌을 끌어 올리는 기중기 같은 장비에도 일일이 강화 마법진을 새긴 후, 바위를 벽돌로 자르는 곳으로 갔다. 그리고 대응 텔레포트 마법진과 효율성을 극대화할 수 있는 것들을 찾아 마법으로 해결해 줬다.

그날부터 보름이 넘게 공사장 구석구석을 찾아다니며 공사 현장의 프로세스를 고쳐 나갔다.

＊　　　＊　　　＊

공사 현장의 효율을 손보고 나자 기간 내에 일을 마칠 수 있다는 결론이 나왔다.

기뻐하기도 잠시, 하루 종일 어슬렁거리며 돌아다니는 것도 이젠 지겨워졌다.

집중할 것이 필요했고 그에 조각을 배웠다.

언어 배우기나 요리, 대장장이처럼 순식간에 해낼 줄 알았는데 아니었다. 툭 하면 벽돌을 사용할 수 없게 만들 정도로 엉성했다.

실망하기보다는 기뻤다. 그만큼 집중할 시간이 길어졌으니 말이다.

조각에 집중을 해서일까. 시간은 빠르게 흘렀다.

금방 석 달이 지나 날씨가 서늘해졌고, 또다시 석 달이 지나 아침, 밤사이로 추워졌다.

드드드드드득!

작은 조각용 마법정이 쉴 새 없이 상하 운동을 하며 돌을 파낸다.

작게 깨진 돌들이 눈을 향해 튀어 왔지만 쓰고 있는 보안경 덕분에 신경 쓰지 않았다.

한참을 움직인 끝에 마법정이 멈췄다.

"후우~ 후우~"

입으로 바람을 불어 작은 돌가루를 날리고 나자 신전에 쓰일 벽돌이 모습을 드러냈다.

"어떻습니까?"

옆에서 한참 대형 조각상을 깎고 있던 아에로 할아버지에게 물었다. 그는 나에게 조각을 가르쳐 준 조각의 달인이었다.

"이제 제법이구나. 그러나 그런 요상한 도구를 만들어내는 재주만큼 마음을 담을 수 있으면 좋겠다."

"천천히 하다 보면 언젠가 되겠죠."

"노력한다는 말은 않고 세월 타령은. 집중하지 않고 백년을 조각해 봐라 실력이 느나."

"걱정 마십시오 10년이면 할아버지의 실력도 따라잡을 테니."

"어림 반 푼어치도 없는 소리 말고. 벽돌이나 더 깎아라. 보내줘야 할 것이 많다."

"제 하루 치는 다 끝났는데요."

"이놈아! 네가 하나 더 하면 허리 아프다고 하는 프랭크가 하나 덜 해도 되지 않느냐."

"네~ 그러죠."

어차피 계속 깎을 생각이었다.

완성한 벽돌은 한쪽에 쌓아두고 다른 벽돌에 다시 조각을 시작했다.

"아우스 님! 아우스 님!"

한창 일하고 있는데 일꾼 중 한 명이 뛰어왔다.

"신전 쪽에 가보셔야겠습니다. 대형 엘리베이터가 고장 났습니다!"

"그래? 가자."

대형 엘리베이터는 원리를 알아내서 내가 만들어준 것으로 커다란 조각상이나 유리를 부착할 때 유용했다.

과거 황궁보다 더 큰 신전 앞으로 가자 30m×30m의 엘리베이터 앞에 사람들이 모여 있었다.

"쯧! 너무 무거운 건 나눠서 올리라니까."

엘리베이터 위엔 엄청난 양의 조각상과 벽돌이 쌓여 있었다. 무게 초과로 인해 보조용으로 끼워둔 마나석까지 소모된 모양이다.

"…죄송합니다. 서쪽 첨탑을 오늘 완성시키려는 욕심에 그만……"

"욕심내지 마. 지금 속도로만 해도 한 달 더 줄일 수 있어. 괜한 욕심에 또다시 예전과 같은 사고를 만들고 싶어?"

"…아닙니다."

"정신 차려! 안전장치 안 해뒀으면 또 대형 사고 터졌을 거야."

눈물을 쏙 뺄 만큼 관리자를 혼을 냈다.

작은 방심이 수많은 타인의 목숨을 뺏을 수도 있는 일이었다.

관리를 혼내고 엘리베이터를 마법으로 들어 올렸다. 그리고 엘리베이터의 바닥으로 들어가 잘못된 것을 살폈다.

"마법진 자체가 살짝 타다니 정말 큰일 날 뻔했군."

수리는 금방이었다.

마법진을 고치고 마나석 몇 개를 박아 넣은 후에야 엘리베이터가 '우웅!' 하고 소리를 내며 바닥에서 살짝 떠올랐다. 8서클 안티 그래비티를 이용한 것이다.

"다시 한 번 이런 일 있으면 그땐 그냥 못 넘어갈 거야. 알겠어?"

"…예, 아우스 님."

마지막으로 다시 한 번 경고를 하고 조각을 하러 돌아가려는데 아라의 의지가 머리로 들어왔다.

[재미있나 봐?]

[보고 계셨습니까?]

[응. 신전 공사는 잘되어가는지 궁금해서.]

[재미보단 집중을 하고 있는 게 맞을 겁니다. 참! 공사는 예정보다 한 달쯤 먼저 끝낼 것 같습니다.]

[다행이네. 더운 여름이 아닌 봄에 준공식을 할 수 있게 되었으니 말이야.]

[저 역시 그렇게 생각하고 있습니다. 근데 샹카에 계신 거 아니셨습니까?]

몇 달 전부터 둘 사이에 의지가 연결이 되면 그녀가 어디에 있는지 알게 됐다.

한데 이상하게 감각은 그녀가 저 높은 하늘 위에 있다고 말해주고 있었다.

[마나의 지배력이 그새 또 늘었나 보네?]

[그래봐야 아라 님의 발끝이죠.]

[아니, 이제 무릎 정도는 되겠어. 너무 빨리는 쫓아오지 마. 유능한 수하를 질투하기는 싫거든.]

수련을 그만하라는 경고인가?

요즘 낮엔 일을 하고 밤엔 열심히 수련을 하고 있었다.

[수련을 하지 말라면 멈추겠습니다.]

[호호호! 농담이야. 열심히 노력해. 허리까지 오면 그때 다시 한 번 붙어보자. 지금대로라면 200년 뒤엔 대결을 할 수

있겠네.]

[…하하, 처음이라 꽉꽉 늘고 있다는 것처럼 들리는군요.]

[맞아.]

사람 기죽이는 것엔 선수다.

[위에서 보고 있으니 신전만 덜렁 나 있는 것이 영 삭막해 보여.]

[…혹 주문할 거라도?]

[신전 주변에 아름드리 벚꽃 나무가 있었으면 좋겠어. 또한 거리도 좀 더 자연 친화적으로 보였으면 하고.]

하라면 해야지, 힘들다고 완공일이 미뤄질 거라 해봐야 들어줄 여자가 아니다. 그럼 대답이라도 시원하게 하는 게 좋았다.

[부지런히 옮겨다 심겠습니다.]

[엘프 몇 명 보내서 나무를 가꾸게 할 테니까 옮겨 심는 것만 하면 될 거야. 그럼 완성하는 날 다시 연락할게.]

연락 안 해도 되거든!

연락을 할 때마다 일을 하나씩 맡기니 차라리 연락이 없었으면 했다.

아라가 머릿속에서 사라지는 느낌이 들자 덴버 백작의 수정구로 연락했다.

—뭐 필요하신 거라도 있으십니까? 아님 책임자들을 소환할까요?

내 얼굴에 '필요한 거 있음'이라고 써져 있기라도 한지 덴버 백작은 단번에 내 생각을 읽었다.

"소집을 해줘. 신전이 완성되어 가니 주변 환경을 개선해야 할 것 같아."

—40분 안에 집합시켜 놓겠습니다.

수정구 연락을 끊고 하늘을 보며 중얼거렸다.

"왜 이렇게 기분이 불안한지 모르겠네. 무슨 일이라도 일어날 것 같군."

몸서리쳐질 만큼 기분 나쁜 느낌이다.

부디 예감이 틀리길 바라며 본부로 향했다.

*　　　　*　　　　*

겨울이 지나고 봄이 왔다.

계절상 봄이지 여전히 겨울처럼 추웠다. 그리고 차가운 바람 대신 전신을 노근하게 만드는 따듯한 바람이 불 때쯤 공사는 막바지에 이르렀다.

신전의 중앙에 위치한 가장 높은 첨탑의 지붕 부분에 위치하게 될 조각상만 남겨둔 상태다.

사각사각! 사각사각!

아에로 할아버지의 손이 움직일 때마다 거대한 여신상은 빛이 찾아간다. 그리고 그 모습을 수많은 이가 바라보고 있었다.

정말 살아 있는 듯한 여신상을 넋을 놓고 바라보는 이들도 있지만 얼른 끝나기 바라는 이들이 많았다.

슥삭! 슥삭!

새하얀 수건으로 여신상의 얼굴을 닦은 할아버지는 얼굴에 흐르는 땀도 닦지 않고 그녀의 얼굴을 물끄러미 바라보다가 고개를 숙여 기도를 했다.

그리고 고개를 들며 중얼거렸다.

"…끝났다."

"수고하셨어요. 나머진 제가 하죠."

마지막 마무리는 내가 하기로 했다. 뭔가 특별히 의미가 있는 건 아니다.

그저 마지막에 사고가 없길 바라는 마음에서였다.

내 몸이 떠오름과 동시에 여신상과 첨탑의 끝부분이 동시에 떠올랐다.

그리고 마지막 미완성인 곳에 이르렀다.

거의 1년간 고생한 것이 떠올랐지만 상념을 털어내고 바로 여신상이 위치할 곳에 밀어 넣었다.

철컥하는 소리와 함께 단단히 고정됐다. 그리고 마지막으로 지붕 씌운 후 끼워 넣었다.

드디어 신전이 완성되었다. 그리고 그 순간 110만 명의 함성이 터져 나왔다.

와아아아!

신전을 완성시켰다는 성취감의 함성, 이제 고향으로 돌아
갈 수 기쁨의 함성이었다.

경비 병력과 유지 관리를 위한 인원, 아라교의 신관과 신도
들을 제외하고 110만 명의 일꾼들이 빠져나가는 데 걸린 시간
만 보름 가까이 걸렸다.

아라는 벚나무를 관리할 엘프들과 신전에 도착했다.

"오셨습니까?"

이동을 감지한 아우스가 거의 동시에 나타나며 인사를 했
다.

"이곳이 날 위해 봉사했던 이들을 위한 신전인가?"

"…여기에 사실 것 아니었습니까?"

"내가? 내가 지낼 곳은 따로 있어. 물론 준공식 때는 나와
서 모습을 보여줘야겠지만."

"신의 모시는 신관과 신녀가 살기에는 꽤 비싼 집이군요."

"유령도시보다는 낫잖아. 이제 이곳이 세상에서 가장 살기
좋은 곳이 될 거야."

"이계의 기술을 이용할 생각이십니까?"

"아니. 아라교의 신녀와 신관이 있고 먹고살기에 충분한 땅
이 있잖아. 이곳으로 많은 이가 모이게 될 거야."

"각국의 범법자들이 들끓게 될 것 같은데요."

"거짓을 알아낼 수 있는 이종족이 있는데 무슨 걱정. 근데 완성했는데 왜 집에 안 갔어? 설마 상을 바라고 기다린 거야? 오홍~"

아라는 아우스에게 야릇한 표정을 지으며 다가갔다.

"…신이시여! 체통 좀 지키세요."

"인정도 안 하는 주제에 이럴 때만 신을 찾네."

"그저 신전을 안내하기 위해 기다렸습니다."

"안내가 왜 필요해?"

"…생각해 보니 필요가 없군요. 그럼 전 이만."

"잠깐! 고생했어. 이건 선물. 부인들 갖다 줘."

아라는 상자 세 개를 소환시켜서 내게 건넸다.

"뭡니까?"

"보석. 가져가면 바가지는 안 긁힐 거야."

"…역시 신이시군요. 사양하지 않겠습니다. 그럼."

아우스는 순식간에 사라졌고 아라는 그가 사라진 곳을 보며 피식 웃었다.

"의외로 귀여운 구석이 있네……!"

아라는 혼잣말을 중얼거리다가 깜짝 놀랐다. 자신에게 그런 남녀 간의 감정이 남아 있을 줄은 생각도 못 했기 때문이다.

"음, 이 몸 주인인 하디드의 영향인가?"

대수롭지 않게 넘기고 신전 안으로 들어갔다.

"아라 님을 뵙습니다."

신디아와 신관, 신도들이 열을 맞춰 서서 기다리고 있다가 고개를 숙였다.

"고개를 들라."

"예! 아라 님."

"신전은 어떠하냐? 신디아."

"아라 님이 머물 곳답게 아름답고 성스럽습니다."

"이곳은 내가 아닌 너희들이 머물 곳이다. 난 준공식이 끝날 때까지만 머무를 거란다."

"…네? 아! 죄송합니다."

"아니다. 놀랐나 보구나. 이곳은 지금까지 나의 유지를 받드느라 고생한 너희들을 위해 준비한 선물이다."

"그럼, 아라 님께선 원래 있던 곳으로 돌아가시는 것이옵니까?"

"머물며 지켜볼 생각이다. 나의 말에 거역하는 이들에겐 신벌을 내릴 것이고 내 말을 듣는 이들에겐 축복을 내릴 것이다."

"하디드 신녀는… 어찌 되는 것입니까?"

"이 아인 나와 함께할 것이다. 이 아이가 신녀를 할 기간 동안 네가 하려무나."

"…알겠습니다."

"자! 그럼 신전을 신전답게 만들어야겠지. 아무도 침범할 수 없고 아무도 무너뜨릴 수 없게 해주마."

아라는 가볍게 손을 올렸다. 그녀의 손에서 새하얀 빛이 일어났다.

새하얗게 일어난 빛은 서서히 바닥에 떨어지며 스며들었다. 그리고 작은 빛의 선이 되어 신전 전체로 퍼져 나갔다.

*   *   *

"나 왔어."

집으로 불쑥 이동해 들어가면 잔소리가 심했기에 저택 입구로 이동한 후 문을 열고 안으로 들어갔다.

"오셨습니까."

집사가 가장 먼저 반겼다.

"부인들은?"

"젠느 님과 베루 님은 율리 님과 함께 후원에 계시고 에리안 님은 아직 퇴근 전이십니다."

"알았어. 후원으로 갈 테니 차와 커피 부탁해."

"준비하겠습니다."

걸어서 후원으로 갔다.

"다녀왔어. 오! 율리 많이 컸구나. 이리 와보렴."

"아빠!"

이제 제법 잘 걷는 율리는 자기 딴에 열심히 달려와 품에 안겼다.

"언제 이렇게 컸데, 우리 딸?"

집에 오지 않은 두 달 동안 커봐야 얼마나 컸을까 싶지만 내 눈에는 변화가 보였다. 특히나 말은 옹알이가 아니라 제법 정확했다.

"그러게 자주 좀 오지. 그리고 어디 산책 다녀와?"

젠느가 가볍게 투덜거렸다.

"왜? 젠느도 안아줘? 이리 와."

"됐거든!"

안으려고 하자 손가락으로 이마를 눌러 밀어냈다.

"흥! 베루를 안으면 되지. 베루 너마저 날 밀어내진 않겠……."

밀어냈다.

"내가 누구랑 가장 많은 시간을 보낸다고 생각해? 젠느 언니거든."

"…두 달 만에 보는데 너무 차갑네. 역시 우리 율리밖에 없……."

"빠아!"

젠느와 베루가 하는 걸 보고 그새 배웠는지 자그마한 손으로 내 이마를 밀었다.

"이거, 집에서 전혀 환영받지 못하네. 자! 일단 대가로 아라 님께 받은 거야. 이건 젠느 거, 이건 베루 거. 이거 때문에 따로 준비한 건 없어."

테이블 위에 상자를 올려놓자 두 여자는 살짝 관심을 보였다.

"…뭔데?"

"직접 봐. 예쁘더라."

두 여자는 상자를 열었고 눈이 동그래졌다.

거짓말 조금 보태서 주먹만 한 다이아몬드가 박힌 목걸이와 작은 다이아들이 수백 개 박힌 팔찌, 반지, 귀걸이, 심지어 발찌까지.

디자인과 모양, 색깔이 달랐지만 다이아몬드 숫자는 비등비등했다.

그녀들은 한참 보석을 바라보며 즐거워했다.

"어서 와! 수고했어."

선물을 보고야 나를 꼬옥 껴안는 젠느.

"됐거든!"

물론 말만 됐다고 했을 뿐 그녀처럼 이마를 밀어내진 않았다. 베루 역시 똑같은 말을 하고 껴안았다.

문득 율리가 날 빤히 봤다.

젠느와 베루처럼 껴안으려는 걸까 싶어 안기 편하게 목을 내밀었다. 그러나 예상과 달랐다.

"뽀석!"

율리도 여자였다.

＊　　　＊　　　＊

식당은 살펴보기만 했을 뿐 복귀하지 않았다. 웬만한 요리 사보다 더 잘하니 별로 의미가 없었다. 그래서 조각에 집중했 다.

딱히 누군가가 보고 있는 것도 아니었기에 검을 들고 조각 을 했다.

서걱! 서걱! 검이 춤을 출 때마다 돌이 잘려 나가고 패였다. 그리고 시간이 지날수록 큰 바위는 점점 사람의 형체를 닮아 간다.

그리고 검을 멈췄을 때 바위는 마치 살아 있는 듯한 여인으 로 바뀌어 있었다.

"멋지군."

집에 와서 벌써 수십 개를 넘게 조각상을 만들었는데 이번 것이 가장 훌륭했다.

전체적으로 보자면 아에로가 만든 여신상보다는 여전히 미 흡했다. 그러나 얼굴만 봐서는 완벽했다.

"응? 근데 누구지?"

어디선가 본 것 같은데 생각나지 않았다.

"남쪽 대륙에 갔을 때 스치듯이 본 사람인가?"

눈의 깊이와 코의 높이가 남쪽 대륙 사람을 닮았다.

물끄러미 바라보고 있는데 인기척이 났다.

"…그만 좀 깎지? 후원을 전부 조각으로 채울 생각이야?"

에리안이 퉁명스럽게 말했다.

"조각 공원이라도 만들어서 옮겨놓을게."

"할 일 없으면 마법 물품이나 만들어."

"엘리베이터 기술 전해줬잖아."

"조각 대신 하라는 거야."

"지겨워지면 그만두겠지. 근데 이 시간엔 웬일이야?"

"신전 준공식이 열린다는 소식이 각국에 전달됐어."

"근데?"

"안 갈 거야?"

"구경할 거리가 있을까? 왜? 신전이 구경하고 싶어?"

"신의 대리인인데 가야 할 거 아냐?"

왠지 가고 싶어 하는 눈치다.

사람들이 모이면 당연히 볼거리도 많을 것이니 구경을 가는 것도 괜찮을 것 같았다.

"구경하고 싶다면 가도 괜찮고. 신전이 가장 잘 보이는 곳에 집 한 채 마련해 뒀거든."

"진짜?"

"응. 언제든지 이동이 가능해. 근데 언제 열린데?"

"한 달 뒤에."

"그럼 사람들 모여서 축제 분위기가 나기 시작하면 가는 걸로 하자. 지금 가봐야 삭막하기만 해."

"알았어. 근데… 저 여잔 누구야?"

"웬 여자? 여긴 너랑 나, 둘뿐이야."

"저기 조각상에 있는 여자 말이야."

"아~ 그냥 무심결에 조각을 한 거야. 어때? 상당히 괜찮은 작품 아냐?"

에리안은 대답 대신 물끄러미 조각상을 봤다. 고개를 갸웃 거리기도 하고 방향을 바꿔서 보기도 한다.

그리고 한참 뒤에 물었다.

"혹시 전에 사귀던 여자 아냐? 아님 여행 중에 사귄 여자거나."

"헐! 생사람 잡지 마. 셋도 버거운데 또?"

"…버거워?"

"내 말은 그게 아니라 세 사람만으로도 충분히 행복하다는 소리야. 더 이상 껄떡대고 다니면 그게 사람이냐, 짐승이지. 그리고 상상력으로 만든 조각일 뿐이야. 조각하는 이를 사랑 했다면 저기 만들어놓은 오크도 사랑했다는 거냐?"

얼른 변명을 했다.

"저 오크 조각하곤 달라. 이 조각상의 여자, 누군가를 사랑 스럽게 보고 있어."

"그렇게 보이도록 조각을 한 거야. 그만큼 내 조각 실력이 대단한 소리지."

"…그런가?"

"당연히! 정 의심스럽다면 내 최고의 작품이지만 부숴 버릴게."

"…됐어. 조각은 이제 적당히 해."

에리안은 됐다고 말하고 뒤돌아섰다.

"다시 왕궁으로 가려고?"

"아니. 오늘은 퇴근했어. 성에 갔다 오려고."

"다녀와."

에리안이 가는 걸 본 후 다시 조각상을 봤다. 에리안이 이상한 말을 해서인지 약간 달라 보였다.

그래서 살짝 몸을 띄운 다음에 얼굴을 정확히 마주 보고 섰다.

거의 표 나지 않게 살짝 미소 지은 얼굴을 한참 보고 있는데 뜬금없이 심장이 두근거렸다.

'도대체 왜 심장이……?'

너무나 아련한 느낌.

"…미친! 이러다 조각상에게 반하겠네. 나도 모르는 사이에 매혹 마법을 걸었나?"

주책이다 싶어 얼른 고개를 돌렸다. 그리고 조각상은 후원 한구석으로 옮겨 버렸다.

그러고는 새로운 바위를 구하기 위해 영지 내에 있는 산으로 이동했다.

＊　　　＊　　　＊

매일 정오가 되면 정신을 아라 시티(구 발칸 시티)로 보내 상황을 살폈다.

발표 후부터 서서히 늘기 시작한 사람들은 15일쯤 지나자 어마어마한 인파로 북적였다.

준공식 때 신의 축복이 내려질 거라는 소문 때문인지 아픈 사람들이 유독 눈에 많이 띄었다.

그 외에 사람들이 모이자 서커스, 공연 등 놀 거리도 많아졌다. 특히 심어둔 벚나무가 엘프들에 의해 몇 배나 커졌는데 현재 만개를 해 정말 멋졌다.

그에 에리안에게 말했더니 당장 가자고 난리였다.

"15일 동안이나 그곳에서 뭘 하려고?"

"이곳저곳 구경하면서 그냥 쉬는 거지."

"10일 정도면 충분하지 않아?"

"아니, 빨리 가야 해. 할 일도 있고."

"할 일? 뭔데?"

에리안이 아라 시티에서 할 일이 뭘까 궁금했다. 하지만 말해주지 않았다.

"몰라도 되네요. 갈 거야, 말 거야? 아님 나 혼자라도 갈 거야."

"왜 혼자야, 나랑 율리도 갈 거야."

"나도요, 언니."

젠느와 베루까지 가자는데 뭐라고 하겠는가. 최후의 저항은 그저 가볍게 투덜거리는 것뿐이었다.

"10일이면 그곳에 있는 볼거리와 놀 거리는 다 할 수 있어."

"그럼 5일간은 푹 쉬면 되지. 집에서 하는 일 없이 빈둥거리니 일하는 사람에게 휴식이 필요한지도 모르지?"

"…난 거기 1년이나 있어서 딱히 할 일도 없는데."

"여기 있으면 할 일은 있고?"

말문이 막혔다. 조각 말고는 없다. 결국 투덜거림도 멈췄다. 그때 베루가 아이디어를 줬다.

"정 할 일 없으면 음식을 팔아. 생선 초밥 팔면 아마 불티나게 팔릴걸."

그것도 나쁠 것 같지 않다.

"오케이! 준비되는 대로 출발하자."

말이 떨어지기가 무섭게 모두들 떠날 준비를 시작했다. 각자 내놓은 짐이 한편에 차곡차곡 쌓였고 함께 갈 기사단, 요리사, 집사, 하녀, 하인들을 모집했다.

모든 준비는 다음 날이나 돼서 끝났다.

"자! 그럼 출발합니다."

모든 짐과 사람들을 한곳에 모이게 한 후 아리 시티에 마련해 둔 저택으로 텔레포트했다.

저택은 청소를 싹 해뒀기에 깔끔했다.

과거 내성의 저택인지라 굉장히 고급스러웠는데 아라가 소환되던 날의 살인 광선 자국은 몇 군데 남아 있었다.

"와아! 저게 신전입니까?"

"멀리서 보는데도 너무 아름답군요."

"뭔가 경건해지는 느낌이에요."

하늘을 뚫을 듯이 우뚝 솟은 신전의 첨탑들을 보곤 호들갑이다.

아라가 마법적인 처리를 해놓아 신전을 보는 것만으로도 마음이 편안해지고 경건해지는 기분이 들게 만들었다.

아마 저 신전을 보고도 범죄를 저지를 수 있는 사람은 마도사를 제외하곤 없을 것이다.

"자자! 신전 구경은 좀 이따가 하고, 다들 머물 동안 지낼 방을 잡아. 그 다음 짐이 정리되는 대로 각자 필요한 것들은 알아서 장을 보고. 없는 건 나에게 말하면 구해주겠다. 이상 해산."

가족들을 제외하곤 모두 흩어졌다.

"우와~ 아우스, 저 벚꽃 나무들은 다 뭐야?"

이제야 벚꽃이 눈에 들어오나 보다.

"신전 주변에 심으면서 이곳에도 조금 심어놨지."

"잘했네. 너무 아름다워."

스르르~ 바람이 불자 벚꽃 잎이 눈처럼 흩날렸다.

"아규!"

율리는 신기하면서도 예쁜지 아장아장 벚나무가 있는 곳을 향해 걸어갔다.

그때 갑자기 아라의 목소리가 들렸다.

[가족이 참 예쁘네.]

[잠시만요.]

"편안한 의자를 만들어줄 테니 저곳에서 쉬고 있어. 난 잠시 화장실 좀."

나무뿌리를 이용의 벚나무 밑에 여러 개의 편안한 의자와 테이블 따위를 만들어놓고 저택 안 화장실로 향했다.

[냄새나게 꼭 화장실로 가야 하나?]

[깨끗합니다.]

[그냥 아무 곳에서나 대화가 가능하잖아?]

[멍 때리고 있다간 괜히 욕먹어요.]

[하긴. 안 보이는 게 낫지, 보이는데 멍 때리고 있음 짜증 나긴 해. 그저 가족들이 예뻐 보여 말을 걸었을 뿐이야. 딱히 할 얘기도 없어.]

[시킬 일이 있는 건 아니고요?]

[딱히. 시킨 일 끝난 지가 얼마나 됐다고 또 시키겠어? 나도 그리 막돼먹은 신은 아냐.]

막돼먹었다고 말하려다가 참았다. 가족이 있는데 쓸데없는 분란은 사양이다.

[…괜히 화장실로 왔군요.]

[내 말이. 그냥 네가 이곳에 와서 살펴보다가 한마디 걸었을 뿐이야.]

[할 일이 없으시군요.]

[없어.]

[그냥 돌아다니세요.]

[해봤어. 근데 좀 더 재미난 게 나와야 그럴 맛도 나지. 차라리 샹카에서 가상현실을 하는 게 나아.]

[현실과 구별할 수 없는 그것을 가상현실이라고 부르는군요.]

[유적지에서 겪어본 적이 있나 보네?]

[그렇죠. 환상 마법과 비슷하더군요.]

[그보다 훨씬 좋아. 원한다면 해줄 수 있어. 넌 구경 다닐 건가?]

나에겐 미르가 있으니 굳이 필요 없다.

[사양하죠. 초밥이나 만들어 팔아야겠어요.]

[오호! 어떤 맛인지 먹으러 가봐야겠네.]

[싱싱하긴 할 겁니다.]

돌려 말했지만 못 알아들은 건지 모른 척하는 건지 그녀는 '곧 봐'라는 말을 끝으로 신호를 끊었다.

'제멋대로라니까.'

신이라기 보단 이웃집 누나 같은 아라다. 다만 그 누나가 제정신을 차리면 그땐 이 행성의 생명체는 없어질 가능성이 높았다.

내가 어찌할 수 있는 일이 아니니 그저 일어나지 않기만 바랄 뿐이다.

*   *   *

예전 황궁의 자리에 신전과 정원, 기타 부속 건물이 지어졌다면 내성은 거의 광장처럼 변했다. 그렇기에 집을 나서면 바로 광장이라 문 옆에다가 가게를 내더라도 상관이 없었다.

아침 일찍 바다로 가 고기를 잔뜩 잡아 왔다. 그리고 수조를 만들어 풀어두고 장사를 시작했다.

초밥 두 개에 1은.

결코 비싼 가격이 아니었지만 생소함 때문인지 구경만 할 뿐 먹는 사람들이 없었다.

아무리 재료를 내가 구한다고 하지만 싸게 파는 건 사양이다.

벚나무 그늘 밑에서 지나가는 사람들을 구경한 지 한 시간, 고급스러운 옷차림의 중년 사내가 와서 앉았다.

"바닷가에서 주로 먹는다는 초밥이군. 일단 10개만 줘보게."

순식간에 두 점을 만들어주고 급조한 간장에 막 갈은 고추 냉이를 조금 올려줬다.

"이건 뭔가? 처음 보는데."

"고추냉이를 간장에 적당량 넣고 섞은 다음 찍어 먹어보세 요."

사내는 조심스럽게 내 말대로 따라 했다.

"음! 생선이 아주 싱싱하고 좋군. 소스도 훌륭해."

손님이 먹는 속도에 맞춰 몇 종류의 생선을 달리해서 줬다.

"10개 더 주게."

배부를 텐데 맛있는지 환장하며 먹었다.

"이런 곳에서 이런 싱싱한 초밥을 이 가격에 먹을 수 있다 니, 위가 작은 게 한이군."

사내는 흡족해하며 떠났고 그 모습을 물끄러미 보고 있던 행색이 초라한 가족이 다가왔다.

남편이 물었다.

"꽤 맛있어 보이는데 적은 양도 팝니까?"

"물론이죠. 앉으세요. 큼지막하게 썰어드리죠."

"네 개만 주십시오. 당신, 먹어봐."

남자는 부인으로 보이는 여자를 앉히고는 2은을 올려놓고 아이들과 뒤로 물러났다.

여자는 꽤 아파 보였다. 아마 아라의 축복을 받기 위해 온 것이리라.

"…하나씩 먹어요."

"아냐. 당신이나 먹어."

"…너희들은 이리 와서 하나씩 먹어봐."

"…아니에요. 엄마 드세요."

눈물 없이는 못 볼 광경이다.

물론 10번을 살며 별의별 일을 다 겪었는데 눈물이 날 리가 없다.

다만 율리가 있어서일까, 아이들이 눈에 밟혔다.

"애들아, 이리 와 앉아. 엄마가 못 드시잖아."

"하지만……."

"아저씨도 앉아요. 맛은 보게 해드릴게. 마음 바뀌기 전에 어서요."

내 말에 가족들은 마지못해 앉았다.

"생선을 오래 놔두면 안 돼서 주는 거니까 다음엔 돈 내고 사드세요. 다음이 있을지 모르지만."

네 사람에게 초밥을 두 개씩 만들어줬다. 그 다음 다 먹을 때쯤 또 줬다.

"많이 먹어라. 처리해야 할 생선이 많거든."

"예! 감사합니다."

"그래. 감사하다는 말이면 충분하다."

배부를 때까지 먹이고 보냈다. 그때 평범한 얼굴의 아가씨가 다가오며 말했다.

물론 그녀가 누구인지는 진즉에 알고 있었다.

"신의 대리인 역할은 확실하게 하고 있네."

"열자마자 찾아오셨네요?"

"다음이 있을지 모른다면서. 그래서 열려 있을 때 먹으려고 찾아왔지."

아까 한 말을 들었나 보다.

"초밥으로 드려요?"

"아니, 일단 고등어회를 썰어줘. 소스는 초장이나 쌈장이 더 낫겠어."

"그냥 주는 대로 드시지. 일단 이걸로 드시면서 기다리고 계세요. 재료 구해 올게요. 맛은 장담 못 해요."

이제는 룬멜의 수도가 된 뮬터 공작 영지의 시장으로 이동해 필요한 것들을 샀다. 그리고 다시 돌아오니 10분 정도 지났다.

재료를 다듬고 난 후 마법을 적절히 이용해 초장, 쌈장과 유사한 소스를 만들었다.

"여기 있어요. 드셔보세요."

아라는 고등어를 초장에 푹 찍어 먹고 한참을 오물거렸다. 그리고 방긋 웃으며 말했다.

"정말 비슷해. 이 맛을 다시 맛보게 될 줄이야."

"모든 생명체를 만드신 분이 초장과 쌈장을 못 만드셨어요?"

"그 얘긴 좀 이따가 얘기해 줄게. 참치도 얼른 잡아줘. 뱃살이 먹고 싶어."

"알았어요. 근데 손님들 내쫓지 마요."

그녀는 기운을 퍼뜨려 근처에 사람들이 오지 못하게 하고
있었다.

"돈은 넉넉하게 줄게. 오늘은 조용히 즐기고 싶다."

"…돈 때문에 하는 거 아닙니다만."

"심심해서 하는 거라고? 그럼 재미있게 해주면 되는 건가?"

"기대하죠."

"장담컨대 재미있을 거야."

참치를 잡아 각 부위마다 두 점씩 떠서 큰 접시에 담아 그
녀에게 건넸다.

"혹시 괜찮은 와인 있어?"

일일이 대답하기도 귀찮았다. 그래서 플린 왕국의 술 저장
고에 있는 것 중 좋아 보이는 걸로 하나 훔쳐서 그녀에게 건
넸다.

그녀는 이렇다 저렇다 말없이 조용히 먹고 마셨다.

음식을 씹는 게 아니라 추억을 씹는 표정이다.

"한잔할래?"

"빨리도 물어보네요."

컵을 내밀자 그녀는 술을 따라주었다. 한 모금 마신 후 참
치 뱃살을 초장에 찍어 먹었다.

"맛있네요."

"그렇지?"

다시 한 모금 마신 후 이번엔 쌈장에 찍어 먹었다.

"쌈장이 제 스타일이군요."

"호호! 쌈장이 맛있긴 하지."

주거니 받거니 하면서 먹다 보니 술병은 계속 늘었다. 마지막으로 구이까지 먹고 나서야 그녀는 젓가락을 내려놓았다.

"아~ 얼마 만에 이렇게 배부르게 먹어본 거냐."

라는 정말 뿌듯한 표정을 지었다.

"이제 값을 치러야죠."

"아! 맞다. 그걸 잊고 있었네."

"…애초에 없었던 건 아니고요?"

"사람 말을 못 믿니? 자! 그럼 얘기해 줄게."

기대 없이 들었다. 어차피 되지도 않는 헛소리일 가능성이 높았다.

"너, 간장, 초장, 쌈장은 어떻게 알았어?"

"네? 어떻게 알다니요? 그건 그냥… 아!"

내가 알기론 간장, 초장, 쌈장이라는 단어 자체가 없다. 간장도 식당을 열어 초밥과 회를 만들 때 내가 알아서 만든 거다.

'처음엔 그냥 소스라고 했는데 언제부터 간장이라고 인식을 한 거지?'

머리가 혼란스러워졌다.

"재미있지? 난 초장, 쌈장이라는 말만 했는데 넌 그것이 어떤 건지 정확히 알고 있었어. 그게 뭘 의미하는 걸까?"

타고난 요리 실력, 타고난 대장장이 능력, 거기에 생소한 단어까지 알아듣고 그 단어가 의미하는 바를 본능적으로 알고 있다?

난 그녀의 질문에 대답 대신 생각에 빠졌다. 그리고 한참 후에 반문했다.

"…뭘 의미하는 걸까요?"

"두 가지 가능성이 있어. 하나는 네가 유희 중인 9서클 마법사라는 것. 다른 하나는 나처럼 소환체일지도 모른다는 것. 어느 쪽일까?"

"둘 다 절대로 아니에요."

유희가 아니라는 건 10번째인 아우스의 몸을 차지하면서 9번째 육체인 제리오의 주검을 직접 확인했기 때문이다.

유희를 하면서 9서클의 몸을 버리고 평범한 몸으로 갈아탔다? 죽고 싶어서라면 모를까, 유희를 위해서 그러기는 불가능에 가까웠다.

소환체라는 것도 말이 안 되는 것이 그랬다면 그 기억을 가지고 있어야 할 것 아닌가.

가장 의심이 되는 건 역시 기생체다.

"확신하는 거 보니 뭔가 알고 있는 모양이네."

"…의심스러운 것은 있어요. 하지만 그것조차는 확신을 할 수가 없네요."

"오호~ 흥미가 동하는데?"

기생체에 대해서 말을 해볼까 하다가 입을 다물었다.

"말하기 싫은 모양이네. 강제할 수야 없지. 다만 너의 혼란함을 풀어줄 얘기를 더 해줄게."

"더 혼란스러워질 것 같은데요."

"싫으면 안 들어도 돼."

"…아뇨. 말해주세요."

아라는 장난기 가득한 표정으로 말했다.

"일단 질문부터 넌 9서클이 어떻게 됐지?"

"명상을 하다 보니 9서클이 됐어요."

"스스로의 힘으로 되었다는 말이네?"

"그렇죠. 기연이 꽤 많았죠. 근데 스스로 9서클이 된 것이 혼란을 풀어줄 열쇠라도 되나요?"

"약간은. 왜냐하면 너희 인간은 스스로의 힘으로 절대 9서클에 닿을 수 없거든."

"그럴 리가요. 천 년 전에 피트라는 이가 9서클이었어요."

"그 피트라는 아이는 분명 우리와 관련된 유적지에서 뭔가를 얻었을 거야. 그렇지 않고는 불가능해."

"…맞아요. 피트가 당신이 남긴 의지를 통해 9서클이 되었다고 했어요."

"역시 그랬어. 왜 스스로 불가능하냐고 하면 그건 너희 DNA 속에 심어둔 제약이거든."

"DNA?"

"그런 게 있어. 아무튼 넌 그 제약을 스스로 벗어났다고 하지만 그건 착각이야. 잘 생각해 봐. 분명 넌 뭔가를 알고 있을 거야."

두 가지만으로 충분히 설명을 했다고 생각했는지 아라는 일어났다.

"재미있었지? 음식값으로 이걸로 된 거다."

"…네."

"잘 먹었어. 기억을 찾는다고 안면 몰수 하지 말고 종종 부탁해."

아라는 파문을 일으켜 놓고 아무 일 없다는 듯 신전으로 이동했다.

그녀가 떠나고 한참을 앉아서 생각을 정리하기 위해 노력했다.

손님이 왔지만 그들마저 무시한 채로.

＊　　　＊　　　＊

"아우스! 늦겠어. 지금 출발하지 않으면 광장에 사람이 꽉 차게 될 거야."

"…응, 금방 나갈게."

에리안의 재촉하는 듯한 목소리에 상념을 털어내고 자리에서 일어났다.

아라에게 말을 들은 후부터 줄곧 방에 틀어박혀 나의 존재에 대한 고민을 했다.

수많은 가설을 세우고 그 가설이 틀렸음을 증명하면서 하나씩 지워 나갔다. 그리고 지금은 오직 하나의 가설만 남게 되었다.

물론 한 가지 남은 그 가설이 사실이라고는 아직까진 말할 수는 없다. 너무 황당한 가설이니 말이다.

다만 방금 전까지 그 가설이 틀렸음을 증명하질 못했다.

"아우스! 당장 안 나오면 우리끼리 출발한다!"

"나갑니다, 레이디."

순식간에 깔끔하게 꾸미고 나갔다. 그 모습을 보고 젠느가 한마디 했다.

"뭐야? 고민하고 있다고 해서 엉망일 줄 알았더니 말끔하네?"

"그러게. 고민을 하면 고민한 흔적이 나타나야 하는데 타고난 얼굴 때문에 그것도 힘드네."

"뻔뻔스러운 거 보니 괜찮아졌나 보네. 무슨 고민을 그렇게 한 거야?"

"나는 누구인가에 대한 고민."

"철학자가 되시려고?"

"철학적 사색과는 거리가 있어. 대화는 그만하고 가자. 에리안 표정을 보니 빨리 가지 않으면 거리를 막은 사람들을 베겠다."

그만큼 표정이 무서웠다.

"…안 그래도 그럴까 생각 중이었어."

에리안은 서둘러 밖으로 향했고 일행들은 일제히 그녀의 뒤를 따랐다.

"그냥 텔레포트로 가는 게 낫지 않겠어?"

맨 앞에 가는 에리안에게 물었다.

"사람 구경도 재미있거든."

"네네, 어련하시겠어요."

신전을 중심으로 느껴지는 사람들을 본다면 구경이 노동이 될 수 있음을 느끼게 될 것이다.

"…너무 많네."

문을 나서자마자 우뚝 멈춘 에리안이 중얼거렸다.

어마어마한 광장에 사람들이 발 디딜 틈이 없이 빽빽이 차 있었다. 정말 놀랄 수밖에 없는 인파였다.

"아직도 걸어가고 싶어?"

"아니."

"사람 구경은?"

"그게 무슨 재미가 있어."

"정 걸어가고 싶으면 그렇게 해줄 수 있어."

은근하게 위화감을 조성해서 길을 알아서 열어주게 할 수 있었다.

"됐어. 저곳을 지나갈 생각을 하니 사람 구경은 할 게 못 되는구나 싶어."

"그러든가. 그럼 이동할게. 내 주변으로 와."

마나가 일행을 감쌌고 바로 신전의 입구로 이동했다.

일대를 지키고 있던 병사와 신관들이 움찔했지만 나인 걸 확인하고 곧 각자의 일을 봤다.

"근데 아우스, 저 목책으로 사람들을 막을 수 있어?"

젠느가 약간 걱정스러운 듯 물었다.

신전 주변에 처져 있는 어설픈 목책에 중간중간 신관이 서 있는 게 다였다.

"아라 신께서 쳐둔 결계가 있어. 허락하지 않으면 나도 접근 하기가 힘들어. 그리고 설령 없다 해도 사람들이 흥분할 일은 없을 거야."

"그렇다면 다행이고."

"안으로 들어가자. 이곳에서 일했던 사람으로서 말하는데, 가장 구경하기 좋은 곳은 위쪽 테라스야."

"우리가 가도 돼?"

"내가 누구라고 생각하는 거야? 이래봬도 신의 대리인이야."

"믿음도 약한 주제에……."

"쉿! 그건 비밀이야."

장난스럽게 대답을 한 후 신전 안으로 들어갔다.

신전 안에도 행사를 준비로 한창 바빴는데 한쪽에 후드를 눌러쓴 이들을 보곤 베루를 불렀다.

"베루, 저기 너희 동족들."

"아! 장로님과 친구들이야!"

"다녀와. 우린 테라스로 가서 기다릴게."

딱히 사람을 반기는 이들이 아니었기에 그저 손을 흔들어 준 후 아라 시티가 훤히 보이는 첨탑 테라스로 엘리베이터를 타고 올라갔다.

"와아~ 사방이 다 보여."

첨탑 안에 앉아서도 밖을 볼 수 있다. 다만 실내라서 살짝 답답함을 느낄 수 있어 테라스까지 만들었다.

"시원함을 느끼고 싶음 테라스 밖으로 나가."

"아규!"

가장 나가고 싶은 건 율리인지 유모의 품에서 버둥거렸다.

"방어막이 있어 안전하니 나가도 돼."

"네… 네……."

유모는 무서운 모양이다.

"줘. 내가 데리고 나갈게."

율리를 안고 밖으로 나가자 실내에서 탁 트인 풍경이 나타났다.

버둥거리는 율리를 알아서 다니라고 놔줬다.

"언제 시작해?"

아라 시티로 오기 전부터 왠지 모르게 초조해 보이던 에리안이 물었다.

다가가 살짝 어깨를 감쌌다.

"너무 걱정하지 마. 그리고 이번에 실패한다고 해도 너무 실망하지 마. 내가 생각하는 게 있으니까."

그녀가 왜 아라를 그토록 만나고 싶어 하는지는 알고 있다. 아이 때문이리라. 그러나 아라도 실패했던 일이다.

사실 이미 방법을 하나 생각해 둔 게 있다.

일단 그녀의 마스터 능력을 버리게 만든 후 아이를 낳고 문신 마법으로 8서클을 만들어주는 것이다. 다만 마스터를 버리고 난 뒤에도 임신이 안 될 수 있다는 것 때문에 망설이고 있다.

에리안이 직접 마스터를 버린다는 말을 한다면 모를까, 지금은 그저 생각만 하고 있다.

"정말?"

"응. 그러니 편하게 마음먹어. 더 좋은 방법이 생각난다면 얘기해 줄게."

"완전히 잊고 있는 줄 알았더니……."

"그럴 리가 없잖아. 아! 시작하려나 보다."

신전의 첨탑 위에 마나의 움직임이 감지됐다. 그리고 신전 위에 멀리 있는 사람들마저 확실히 볼 수 있을 정도의 크기의 신디아 신녀가 나타났다.

그녀를 본 수많은 인파의 함성이 쩌렁쩌렁 울려 퍼졌다.

"신기해. 어느 쪽에서 봐도 그녀가 정면으로 보여."

에리안의 말처럼 신디아 신녀는 전후좌우에서 봐도 정면에서 말하는 거 같다.

아라에게 내가 뒤지는 건 바로 저러한 것을 자연스레 생각하는 상상력이 아닐까 싶다.

함성이 잦아들자 신디아 신녀가 말했다.

─친애하는 대륙의 형제자매들이여. 오늘 아라교의 새로운 시작을 알리는 준공식에 참여해 줘서 감사합니다. 오늘 여러분은 새로운 역사를 목도하게 될 것이고, 아라 신께서 내리는 축복을 받을 수 있을 겁니다. 앞으로 일주일간 진행되는 축제를 즐기시며⋯(중략)⋯자! 이제 염원을 담아 그분에게 바라봅시다! 아라 신이시여! 저희에게 축복을 내리소서!

"아라 신이시여! 저희에게 축복을 내리소서!"

─목소리가 작습니다. 하늘에 계신 그분이 들을 수 있도록 더 큰 소리로 외쳐봅시다.

"아라 신이시여! 저희에게 축복을 내리소서!"

일념으로 외치는 소리는 그 자체만으로 힘을 가지고 있다. 그래서 마법사가 아님에도 종종 기적을 일으킨다.

그런데 수많은 사람이 하나의 뜻으로 외치니 마나는 그야말로 미친 듯이 춤을 췄다.

"파, 팔이 움직여!"

"몸 안의 병이 낫는 기분이 들어. 오! 신이여."

아라가 힘을 쓰기도 전에 낫는 이들이 하나둘씩 나타났다. 순간적인 각성 효과일 수도 있지만 그러한 모습에 사람들의 뜻은 더욱 하나로 뭉쳐졌다.

난 그 모습을 경이롭게 바라봤다.

'애초에 모든 인간은 마나를 움직일 수 있지 않았을까. 다만 그걸 방법을 잊고 있는 것일 뿐······.'

사람들의 간절함이 모여 거대한 의념의 구가 되었을 때 그 위로 하얀 빛 모양의 아라가 내려왔다.

"아라 신이시다!"

─나를 믿어라. 그럼 그 믿음에 대한 대가를 얻게 될 것이다. 믿지 못하는 자는 어느 것도 얻지 못하리라.

성스러움이 가득한 목소리가 울려 퍼졌다.

그녀는 사람들이 모은 의념의 구에 손을 댔다. 그리자 의념의 구는 점점 커지더니 아라 시티를 덮었다.

"눈이 보여! 내 눈이 보인다고, 하하하하하! 아라 신이시여!"

"아! 우리 아이가··· 우리 아이가 나았어요!"

"여보! 당신 혈색이! 아아~ 신이시여!"

"흑! 마음이 한없이 편해져."

환자는 나았고, 마음의 위안이 필요한 이는 위안을 얻었다.

아라가 한 일은 사람들이 모은 의념을 크게 만든 것 것뿐인데 결과는 놀라웠다.

기적을 얻은 이들이 하나둘씩 무릎을 꿇기 시작하더니 모두 무릎을 꿇고 아라의 빛을 향해 손을 뻗거나 기도를 올렸다.

웬만한 일에 딱히 감정의 변화가 없는 나마저도 소름이 돋는 광경이었다.

[어이~ 수하, 아니, 대리인. 너만 무릎을 안 꿇었다.]

돌아보니 젠느와 에리안, 유모, 기사단, 심지어 어린 율리도 엄마를 따라 하는지 그녀의 무릎에 앉아 두 손을 얼굴에 대고 눈을 꾹 감고 있다.

[한 명쯤은 괜찮지 않아요?]

[차라리 많으면 상관없는데 한 명이라 그런지 영 거슬리네.]

[네네, 당연히 그래야죠.]

[근데 빌 거라도 있나?]

[저도 바라는 거 많은 사람입니다만.]

무릎을 꿇었다. 그리고 아라를 보며 빌었다. 그녀가 절대 기억을 찾지 못하도록 해달라고.

*　　　　*　　　　*

두 시간 가까이 지속되던 아라의 기적이 사라지고 사람들은 기쁜 마음으로 축제를 열기 시작했다.

들뜬 사람들과 달리 에리안은 대기실에서 자신의 차례를 초조하게 기다리고 있었다.

기적을 보여준 후 아라는 각국에서 보낸 이들을 한 명씩 만나고 있었다.

입이 말라 찻주전자를 들었는데 다 마셨는지 몇 방울만 떨어질 뿐이다. 신관에게 차를 더 달라고 할까 하다가 그냥 참기로 하고 방에서 서성였다.

그러길 다시 30분.

노크 소리와 함께 신관이 들어왔다.

"곧 에리안 님 차례입니다. 저를 따라오시지요."

에리안은 앞장서서 걷는 신관을 따라갔다. 그리고 거대하고 아름다운 문 앞에 이르자 신관이 말했다.

"여기 앉아 기다리시다 앞서 들어간 분이 나온 후 지시를 따라주시면 됩니다."

"…그러죠."

문 너머에 아라가 있다고 생각에 잔뜩 긴장한 채 앉아 있었다. 잠시 후 철컥하는 소리와 함께 거대한 문이 열렸다.

열린 문으로 나오는 이들은 그녀도 익히 알고 있는 사람들이었다.

플린 왕국과 에스란 왕국의 접경지대에 살고 있는 토드 백작의 가족으로 아들이 아파 조용하고 공기 좋은 변경으로 나갔었다.

"에리안 백작! 허허허!"

만면에 웃음을 띠고 있는 걸 보니 결과가 좋은 모양이었다.

"잘되신 모양이네요, 토드 백작님."

"아까 광장에서 이미 축복을 받아 나왔다네. 다만 감사 인사를 드리기 위해 왔다네."

"그러셨군요."

말을 주고받는데 문을 연 신관이 들어오라고 말했다.

"전 이만 들어가 볼게요. 왕국에서 뵙겠습니다."

"그러세. 부디 원하는 바를 얻길 바라네."

에리안은 토드 백작과 헤어진 후 문 안으로 들어갔다.

거대한 홀이 나왔는데 홀의 정면에 새하얀 빛이 공중에 떠 있었다.

"빛을 향해 가까이 가시면 아라 님을 뵐 수 있으실 겁니다."

신관의 말에 따라 그녀는 가까이 다가갔다. 점점 가까워질수록 빛은 더욱 강해졌고 그에 절로 눈이 감겼다.

"눈을 떠도 돼, 에리안."

앳되지만 성스러운 목소리에 눈을 뜨자 나풀거리는 드레스를 입은 여인이 서 있었다.

"…아라 님?"

"응, 맞아. 다른 사람들에겐 빛으로 보여줬지만 대리인의 부인인 너에게까지 그럴 필요는 없을 것 같아서."

"무례를 범했습니다."

에리안은 무릎을 꿇었다. 아니, 꿇으려고 했다. 그러나 무릎은 구부러지지 않았고 언제 생겼는지 모를 의자에 앉게 됐다.

"편하게 얘기하렴. 나에게 원하는 것이 뭐지?"

편하게 얘기하란다고 할 수 있는 게 아니었다. 앞에 존재하는 것만으로도 경이롭다.

이런 존재를 마치 상사처럼 대하는 아우스가 새삼 대단하다는 생각이 들었다.

"아이를 갖고 싶습니다."

"아이를? 그건 내가 아닌 아우스에게 말해야 하는 거 아닌가?"

"제가 마스터에 이르고 아우스가 9서클이 되면서 아이를 가지기가 요원해졌습니다."

에리안은 슈린 후작에게 들었던 말을 아라에게 그대로 전했다.

"…그러니까 생명력이 늘어나면서 임신이 힘들어졌다는 말이구나?"

에리안은 아라의 표정이 굳어 있다는 느낌을 받았다. 그러나 착각이라 생각하고 답했다.

"그렇습니다."

"알고 있던 일 같은데 왠지 기억이 혼란스럽네."

아라의 말에 에리안의 얼굴에 실망의 기색이 살짝 스쳤다.

"걱정 마렴. 아까 다 나았을 수도 있어. 당장 결과를 알 수 없는 문제잖아."

"말씀을 듣고 보니 그렇네요."

"일단 축복을 다시 한 번 내려줄게. 그리고 내가 끝까지 지켜봐 줄 테니 안심해."

"감사합니다, 아라 님!"

지켜봐 준다는 것만으로 방금 전 느꼈던 실망이 사라져 버렸다. 그리고 아라의 손에서 나온 하얀 빛이 몸을 뒤덮었다.

몸이 정화가 되는 느낌. 왠지 지금 상태라면 임신이 될 것 같았다.

"이만 가보렴."

에리안은 몇 번이고 감사를 하곤 밖으로 나갔다. 그리고 아라는 그 모습을 다소 멍한 시선으로 바라봤다.

현재 아라의 머릿속엔 온통 '임신'이라는 단어와 '아이'라는 단어가 소용돌이치고 있었다.

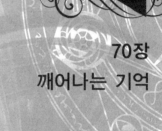

70장
깨어나는 기억

"다녀올게."

차를 비운 에리안이 출근을 위해 일어났다. 그래서 나도 차를 비우고 자리에서 일어났다.

"새삼스레 마중 나오려고?"

"아니, 나도 수도에 갈 일이 있어서."

"…무슨 일인지 모르지만 웬만하면 그냥 넘어가. 이제 그냥 사람들에게 맡겨."

"뭔 소리야? 누가 들으면 내가 수도에만 가면 사고 치는 사람인 줄 알겠다. 그리고 나도 사람이거든."

"그런 의미에서 한 말은 아니지만 이번에 아라 님을 뵙고 나니까 네가 사람이라는 게 살짝 의심스럽긴 해."

"쩝! 스스로도 의심스러우니 넘어가자. 이동할까?"

"아니. 난 차 타고 갈 거야."

"집에 수도 저택으로 갈 수 있는 텔리포트진도 만들어놨는데 웬 차?"

"나중에 역모로 의심받기 싫어. 무엇보다도 운전하는 게 재미있고."

"그럼 그러든가."

우리는 차고로 내려갔다. 그리고 에리안에게 운전을 맡기고 나는 보조석에 앉았다.

"갈게."

에리안은 수정구에 손을 올렸다. 잠시 후 밤새 모아뒀던 마나가 움직이며 룬어가 춤을 췄다.

스팟!

차는 통째로 왕국에서 제법 떨어진 농가로 이동했다. 농가에서 나온 차는 수도로 가는 대로에 올라 시원하게 내달렸다.

"응? 바닥의 흰 선들은 뭐야?"

"마나차가 많아지면서 생겨난 교통 체계. 가운데 노란 선은 중앙선으로 좌우의 기준이 돼. 차는 우측으로 운행이 가능하고 안에서부터 1차선, 2차선, 3차선 이런 식으로 명명됐어."

"좌우 끝에 있는 노란 선은?"

"밖은 사람이 다니는 길이고. 안쪽은 차들이 다니는 길. 넘어가서 사람을 치면 귀족도 재판을 받아야 해."

에리안은 교통 체계에 대해 한참 설명했다.

그러는 동안 차는 외성에 거의 근접했다. 에리안이 검문소 바로 앞에 차를 세우자 기사 한 명이 다가왔다.

"에리안 백작님, 출근하시는군요. 한데 이분은?"

"내 부군이야."

"아! 실례했습니다. 아우스 님, 지나가십시오."

"왜 오늘은 검사를 안 해?"

"아우스 님에 대해선 자신과 같이 대하라는 폐하의 명령이 있었습니다."

"폐하께서 그런 명령을 내리셨다니, 어쩔 수 없지. 수고해."

철책이 치워지고 외성 안으로 들어갔다. 한데 차가 생김으로써 도로에 사람들이 걷는 양상이 달라졌음을 알 수 있었다.

예전에 넓은 길을 활보하고 다녔을 이들이 좌우 귀퉁이에 붙어 걸어 다니고 있었다.

"발전이 다 좋은 건 아니네."

"마차가 많아졌다고 해도 마찬가지지. 근데 어디서 내릴 거야?"

"도우 마탑."

"가는 이유는 모르겠지만 달링을 내 손으로 잡지 않도록 해줘."

"걱정 마. 빌려 볼 것이 있어서 가는 거니까."

"안 빌려주면?"

"절대적으로 빌려줄 거야. 수고해. 며칠 못 들어갈지도 몰라."

"어련하겠어. 못 들어오면 다른 사람들에게 말이나 해줘. 걱정하니까."

"그럴게. 간다."

원래 탑주의 방으로 바로 이동하려 했는데 사고 치지 말라는 소리에 도우 마탑 입구에 이동했다.

"어떻게 오셨습니까?"

안으로 들어가자 입구 데스크에 앉아 있던 마법사가 물어봤다. 막 대답하려는데 뒤에서 나를 부르는 소리가 들렸다.

"아우스 경!"

"제이 경."

"살아 돌아오셨다는 말은 진즉에 들었습니다. 그날 저희 때문에 차원의 틈에 빠져 고생 많으셨죠? 죄송합니다. 구출대를 꾸리려 했는데 제 힘으론 불가능해서."

"이미 지난 일인데요. 페리 양과는 어떻게 됐습니까?"

"…몇 년 전에 결혼을 해서 아이도 있습니다."

"축하해요."

"감사합니다. 한데 오늘 무슨 일로?"

"탑주를 만나러 왔습니다."

"탑주님을요? 잠시만 기다리세요. 제가 말씀드려 보겠습니다."

탑주 아들의 제자인 제이가 나서줘서일까. 탑주와의 면담은 금세 이루어졌다.

"오랜만이군, 아우스 경. 아니, 이제는 아우스 님이라고 불러야 하나?"

"부를 생각도 없으면서 괜한 소리 마세요. 탑주께선 여전히 정정하시네요."

"나야 이곳에서 잘 먹고 잘 자니 건강할 수밖에. 타칸과 슈린을 따끔하게 혼내줬다는 소리를 들었네."

"탑주께 달려와 이른 걸 보면 꽤 아팠나 보군요."

"허허허! 혼이 나도 싸지. 어리석은 짓을 하려고 하면 뜯어 말렸어야지. 아무리 제국민이라지만 500만 명이라니……."

"이미 지난 얘기는 그만하죠. 오늘 온 건 다름이 아니라 피트의 유품을 보고 싶어서입니다."

"거절하면 나 역시 혼이 나겠지?"

"그럴 리가요. 그저 잠시 빌려갔다가 돌려 드리게 되겠죠."

잊어버릴 바에야 이곳에서 마음껏 보게 해주는 게 나을 것이다.

"쩝! 빌려갔다가 안 돌려주면 낭패겠네. 여기 해둔 방어 마법진이 쓸모없을 테고. 그냥 이곳에서 마음껏 보고 가게. 식사든 잠자리든 언제까지고 지원하지."

"부탁을 들어주신다니 감사합니다."

"꽤 따끔한 부탁이지만 이젠 전시물에 불과한 유물로 자네와 친해질 수 있다면 아깝지 않지. 어떻게 지금부터 보겠나?"

"그럴 생각입니다."

"그럼 그렇게 하게. 난 차를 몰고 드라이빙이나 다녀오겠네. 식사는 제이에게 말해놓겠네."

"식사는 제가 알아서 챙겨 먹을 테니 신경 쓰지 않아도 됩니다."

"손님한테 그럴 수야 없지."

"그럼 그러세요."

의미가 없을 텐데 감시자를 두고 싶은 모양이었다. 뭐, 그 정도야 이해할 수 있다.

아라 시티에서 내가 세운 가설은 기생체에 피트가 뭔가를 남겨놨다는 거다.

그것이 의지든 아님 그 자신의 정신이든.

광산 노예로 있을 때 엔트 할아버지의 거처에서 피트와 관련 책을 읽은 적이 있었다. 그때 마치 내가 직접 겪은 듯한 체험을 했는데 지금 생각해 보면 그건 피트의 기억이 분명했다.

요리와 대장장이 기억도 역시 마찬가지.

혹시 기억을 모두 찾게 되면 그때 나는 아우스일까, 피트일까? 일단은 가설이니 찾고 볼 일이다.

유품 중 가장 먼저 선택한 건 일기장이었다.

책상에 앉아 첫 장을 폈다.

발칸 제국력 113년 3월 30일.

그렇게 보고 싶어 하던 봄을 보고 미나는 떠났다. 그녀가 원하던 대로 땅에 묻었다. 얼음 관에 영구 보관 할까 생각했지만 그건 내 욕심임을 알기에 그녀가 원하는 대로 해줬다.

더 살게 해주고 팠는데……

어쩌면 나를 기억하고 떠난 것이 그녀로서는 나을지도 모르겠다.

오늘부터 틈틈이 그녀가 가르쳐 준 언어로 일기를 쏠 생각이다. 내 기억에선 지워지지 않겠지만 내가 이계로 떠난 다음에 나와 그녀가 이 행성에 살았던 흔적이라도 남겨두고 싶다.

발칸 제국력 113년 5월 3일.

미나가 죽어가면서 한 가지 원한 건 이계에 갈 수 있으면 자신의 가족을 돌봐달라는 거였다. 그래서 내일부터 연구를 해볼까 한다.

마지막으로 술 한잔해야겠다.

발칸 제국력 114년 1월 24일.

아무리 생각해도 이계로 넘어가는 건 쉽지 않을 것 같다. 수천억 개의 행성이 존재한다는 은하계 너머에 있을지도 모르는 행성을 찾는다?

우주를 만든 신이라면 모를까, 한낱 인간의 힘으론 감히 상상할 수도 없는 일이다.

미나가 이곳으로 넘어온 것이나, 신이라고 불리는 이들이 실제는 이계인이라는 것을 생각해 보면 불가능한 일은 아닐 것이다. 그러나 그녀를 이곳으로 보낸 반물질 폭탄─행성을 불살라 버릴 수 있는─이라는 걸 만들 수 있는 것도 아니니 불가능이나 다름없다.

좋은 방법이 생각났으면 좋겠는데…….

"쯧! 일기장이야, 연구 일지야?"

일기장 첫 부분은 대부분 이계로 넘어가는 방법을 찾는 게 주된 얘기였다.

발칸 제국력 210년 8월 9일.

드디어 이계로 넘어갈 방법을 이론적으로나마 찾게 되었다. 물론 내가 생각한 이론 역시 문제가 없는 것은 아니다.

그러나 이계와 통할 수 있는 게이트를 만들거나, 우주에서 지구라는 행성을 찾아 그곳까지 통하는 게이트를 만드는 것에 비하면 장담컨대 1조 배 이상 쉽다.

혹시 후손 중에 누군가가 글을 읽으며 의문을 제기할 수도 있을 것이다. 하지만 우주의 행성의 숫자는 이 행성의 모든 모래알의 숫자보다도 많다.

너라면 그 모래알 중 지구를 찾을 수 있겠는가?

음, 그동안 대화를 너무 하지 않아 일기를 대화를 나누고 있다니……. 미쳐가나 보다.

아무튼 내가 찾은 이론은 미나가 넘어왔던 게이트를 이용해 넘어가는 방법이다. 일단 과거로 가서 미나가 나왔던 게이트가 닫히기 전에 무사통과해야 가능한 얘기지만 말이다.

내일부턴 과거로 갈 수 있는 방법을 찾아야겠다.

발칸 제국력 305년 12월 21일.

가능할까라고 생각했던 시간 여행에 대한 연구에 진척이 없다. 연구실에 틀어박혀 있어서 그런가, 머리가 잘 돌지 않는다.

아무래도 유희라도 다녀와야 할 모양이다.

발칸 제국력 330년 2월 25일.

막 유희를 끝내고 집으로 돌아왔다.

요리사로서의 유희를 25년 동안이나 하게 될 줄은 생각도 못했다. 물론 아주 만족스러운 유희였다. 시간 여행에 대한 힌트를 얻어냈으니 말이다.

다만 다음에 하게 된다면 짧게 해야겠다.

참! 시간 여행의 힌트는 육체가 아닌 정신만 보내는 것이다. 이번엔 성공을 했으면 좋겠다.

발칸 제국력 539년 7월 7일.

마침내 정신을 과거에 보낼 수 있게 됐다!

고작 10년 전으로밖에 보내지 못했지만 괄목할 성장임에는 분명했다.

다만 한 가지 걸리는 게 있다. 더 먼 과거로 가면 갈수록 정신과 육체가 분리되는 느낌을 받았다.

이러다 육체를 버려야 하는 상황이 오는 건 아닌지 모르겠다.

발칸 제국력 611년 1월 30일.

거의 500년 만에 미나가 이 세계로 온 날로 갈 수 있는 방법을 찾아냈다.

물론 육체는 버려야 한다. 삶에 애착이 있는 것도 아니니 상관없다. 다만 실패하면 뒤가 없다는 것이 조금 아쉽다.

차라리 죽으면 나을 텐데 그러지 못하고 정신만 이 세계를 떠돌게 된다면 그보다 무서운 것이 있을까.

아무래도 실패했을 때를 대비는 해둬야겠다.

발칸 제국력 613년 3월 30일.

이것이 마지막 일기다. 오늘 난 이계로 떠날 생각이다. 실패해 죽는다고 해도 미나와 같은 날에 죽는 것으로 만족할 것이다.

사실 성공해서 이계에 간다고 해도 문제는 많다. 어떻게 육체를 되찾을 것인지가 그중 가장 큰 문제일 것이다. 그러나 그 문제들까지 다 해결하고 건너가기엔 난 너무 지쳤다.

…이제 떠난다.

"실패했군."

일기를 덮으며 중얼거렸다.

행성을 일군 이들조차도 할 수 없었던 일을 피트가 하려
했는데 성공을 했을 리가.

"연구물이라는 게 기생체겠지. 피트는 실패를 하고 기생체
에 자신의 정신을 숨긴 게 틀림없어."

일기를 읽고 좀 더 진실에 가까워진 느낌이다.

문득 궁금해진 것이 있어 오랜만에 미르에게 물었다.

"미르, 너희 고향 행성으로 갈 수 있어?"

―지구는 저희가 떠나고 나서 얼마 지나지 않아 사라졌습
니다.

"존재한다면 갈 수는 있고?"

―메인 컴퓨터에 있는 정확한 항해 기록을 봐야겠지만 함정
이 100퍼센트 작동한다고 해도 다시 돌아갈 확률은 0.001퍼센
트도 안 됩니다.

"역시 그런가?"

―그렇습니다.

"뭐, 지금 그것이 중요한 건 아니니까."

일기장을 읽으면서 알게 된 것이 꽤 많았다. 그는 중간중간
우주의 크기에 대해서 장황하게 설명해 놓기도, 미나에게 들

은 것을 적어두기도 했다.

"참! 이계의 지식을 얻을 수 있나?"

─있는 정보에 한해서는 가능합니다. 들려 드릴까요?

"아니. 가상현실로 직접 가서 경험하고 싶은데."

─가능합니다.

"좋아. 그건 나중 일이고 이제 다른 책을 볼까."

일기장은 원래 장소에 놔두고 다음 책을 집었다.

"…이 미친 인간!"

피트가 만든 책의 곳곳에 이계 언어인 한글이 적혀 있었다. 그리고 대부분 한글로 적은 것은 실험이나 연구에서 치부가 될 수 있는 것들이었다.

가령 지금 보고 있는 기생체 관련 책처럼 말이다.

기생체는 예상대로 악몽의 숲에 사는 마나에 반응하는 작은 벌레를 이용해 만들었다. 근데 초기의 기생체는 인간의 몸에 들어가면 죽어버리는 단점이 있었다.

그에 이런저런 걸 합쳤는데 계속 실패하자 마루의 제단에서 가져온 미르의 유전자까지 사용했다.

물론 피트는 그것이 아라의 자식인 미르의 유전자라는 걸 몰랐다. 그저 신이라 불리는 이들의 물건이니 되겠지 싶어 합친 것이다.

미르의 유전자가 합쳐진 기생체가 내 몸에 들어와 있다니 기분이 묘했다.

"어떻게 된 게 9서클에 이른 인간들 중에 제대로 된 인간이 없냐."

투덜대면서도 계속 읽어나갔다. 그리고 기생체 관련 연구의 마지막 장에 적혀 있는 한글을 볼 수 있었다.

실패했을 때 정착할 곳.

점점 가설은 사실이 되어가고 있었다.

"아우스 경, 식사하시고 읽으시죠."

제이가 쟁반 가득 음식을 가지고 왔다.

"그러죠."

안 그래도 슬슬 배가 고프던 차였다.

"피트 님의 책에서 원하는 건 찾으셨습니까?"

"아직까진. 잘 먹겠습니다."

스테이크와 갓 만든 빵, 와인이었다.

"무얼 찾으시는지 물어봐도 되겠습니까?"

맛있게 먹고 있는데 제이가 물었다. 내 성격을 어느 정도 알고 있기에 직접적으로 물은 것이다.

"과거의 정보죠."

"마법이 아니라요?"

"제가 몇 서클인지 몰라요?"

"아! 제가 어리석은 질문을 했네요. 그러고 보니 9서클은 어떤 경지입니까? 궁금하네요."

"글쎄요. 원하는 걸 뭐든 할 수 있을 것 같으면서도 제약이 많은 경지랄까요. 설명이 뭔가 이상하네요. 가령, 어디든지 이동할 수 있죠. 하지만 밤하늘에 보이는 별로 이동하는 건 불가능해요."

"알 것 같으면서도 모르겠네요."

"쉽게 8서클보다는 할 수 있는 게 많아졌다라고 생각하면 돼요. 별거 없어요."

"9서클이 별거 없다고 말하는 사람은 아우스 경밖에 없을 겁니다."

"하하하! 일단은 저밖에 없으니까요."

"크으~ 그렇군요. 근데 9서클이면 원한다면 황제가 될 수도 있고, 대륙을 통일할 수도 있지 않습니까?"

제이는 꽤 영악하게 잘 물어왔다.

"의미가 없어요. 제이는 모래사장의 모래가 가지고 싶어요?"

"황제 자리가 그 정도로 의미가 없다는 말인가요?"

"아뇨. 그만큼 쉽게 가질 수 있다는 거예요."

"…예전과는 분위기가 많이 달라진 것 같습니다. 뭐랄까, 현자를 보는 기분이릴까요."

"하하하! 그들만큼 지혜가 넘쳤으면 좋겠네요. 잘 먹었습니다."

얘기를 하는 사이 다 먹었다.

"차는 뭐로 드릴까요?"

"커피 있습니까?"

"요즘 커피가 유행이죠. 커피 농장도 많아졌고요. 라떼로 드릴까요?"

제이는 차를 가지러 갔고, 난 다음으로 무슨 책을 읽을까 살펴봤다.

문득 광산에 있을 때 봤던 마법 이론의 원본이 보였다. 커피를 마시며 가볍게 보자는 생각으로 책을 뽑아 테이블로 갔다.

"여기 있습니다! 넉넉히 가져왔으니 원하는 만큼 드십시오."

제이는 라떼를 큰 주전자에 가지고 왔다. 그리고 두 개의 머그잔에 따른 후 하나를 나에게 줬다.

"9서클이 3서클까지 보는 마법 이론서를 보다니 재미있네요."

"처음에 이걸로 마법을 공부했었거든요. 물론 필사한 책이었지만요."

"허~ 그러셨어요. 이거 동문이었네요."

"하하! 굳이 따지자면 그렇겠네요."

책을 넘겼다. 과거에 봤던 책과 똑같은지 확인하면서 읽는 것도 꽤 재미있었다.

똑같았다. 다만 이 책에도 한글로 조금씩 설명이 더해져 있었는데 그건 전혀 옮겨지지 않았다.

당연했다. 한글은 모르는 사람에겐 그림 그 이상도 이하도 아니니까.

그중에 낙서처럼 적어둔 글에 유독 눈이 갔다.

문신 마법을 다른 사람들에게 실험을 했어야 했는데 섣불리 내 몸에 새긴 것이 후회가 된다. 과연 내가 완성한 문신 마법이 몸에 정확히 작동한다면 어떻게 되었을까?

역시 피트는 문신 마법에 대해 알고 있었다.

그 외에는 특별할 것이 없었다. 빠르게 넘기다가 책의 마지막 장에 그려진 그림에서 다시 시선이 멈췄다.

펜으로 그린 여자의 모습이 낯설지 않다.

자세히 보니 자세와 표정이 분명 얼마 전에 만든 여자 동상과 똑같았다.

"…미나."

"네? 뭐라고 하셨어요?"

제이가 물었지만 이번엔 대답해 줄 수가 없었다.

어디에 숨어 있었는지 모를 피트의 기억이 떠오르기 시작했기 때문이다.

*　　　　*　　　　*

"아악!"

고통스러운 표정으로 뒤척이던 아라는 비명을 지르며 일어났다. 선명하진 않지만 아주 소중한 누군가가 죽는 꿈을 꾼 것 같았다.

"하악! 하악! 물……."

침대 옆에 물병이 솟아올랐다.

벌컥벌컥!

물을 마신 아라는 서서히 악몽에서 벗어났다.

"에리안에게 임신이라는 말을 들은 후부터 계속 똑같은 악몽을 꾸다니……. 임신이라는 단어가 기억을 자극한 게 분명해."

아라는 자리에서 일어났다. 그리고 옷을 갈아입었다.

"이 더러운 기억을 없애기 위해서라도 빨리 기억을 되찾아야겠어. 메인 컴퓨터, 인공위성으로 이동시켜 줘."

―알겠습니다.

이동할 때 느껴지는 약간의 어지러움과 함께 곧바로 인공위성으로 이동했다.

아우스에게서 받은 ID 카드로 인공위성으로 이동할 수 있는 권한을 획득한 아라는 지금까지 수리를 하고 있었다.

일부가 고쳐져 지상을 살펴볼 수 있게 되었지만 과거 데이터를 볼 수 있는 부분은 수리가 되지 않은 상태였다.

딱히 필요 없을 것 같아서 미뤄왔는데 기억을 되찾기 위해선 꼭 필요했다.

"인공위성 도면과 작동하지 않는 부분을 띄워줘."

홀로그램이 눈앞에 떴다. 그걸 빤히 보고 있던 아라는 살짝 인상을 찌푸렸다.

"공간이 열릴 때 대체 얼마나 큰 에너지가 흐른 거야. 완전 엉망이네. 로봇을 이용할 수 있으면 좋은 텐데. 망할, 권한!"

투덜거리는 말투와 어울리지 않게 아라는 팔을 걷어붙이고 수리를 시작했다.

*   *   *

또 하나의 기억을 얻었다.

총 11개의 기억. 그런데 11번째 얻은 피트의 기억은 다른 10개의 총기억보다 족히 10배는 많았다.

기억의 총량으로 보자면 난 아우스가 아닌 피트에 가까웠다. 그림과 기억 속에서만 있는 미나가 보고 싶다는 생각이 드는 것만 봐도 그랬다.

그러나 정말 다행스럽게도 내가 피트를 지독히도 싫어한다는 기억이 내가 아우스임을 말해주었다.

'너의 지식과 지혜는 잘 가질게, 피트.'

미나의 가족을 보살펴 달라는 약속 때문에 기억을 남겼지만 내가 미나에게 한 약속이 아니니 신경 쓸 이유는 없었다.

"…방금 무슨 일 있었습니까?"

제이가 물었다.

"별거 아니에요. 잊고 있었던 기억이 생각났을 뿐입니다."

"아! 전 또 무슨 일이 있는 줄 알고 깜짝 놀랐습니다."

"커피 잘 마셨습니다. 이제 그만 가봐야겠네요."

도우 마탑에 더 있을 필요가 없었다. 내가, 아니, 피트가 쓴 책은 모두 내 머릿속에 있었다.

"피트 님의 서적을 읽은 건 기억을 찾기 위한 방편이었나 보군요?"

"맞습니다. 오래 머물까 싶었는데 만나자마자 이별이군요."

"심심할 때 들러요. 커피 대접해 드리겠습니다."

"그러죠. 제이 경도 예전 트리즌 영지로 오면 제 집에 들르세요. 싱싱한 해산물을 대접해 드리죠."

"하하하! 알겠습니다."

"탑주껜 인사 못 드리고 가서 죄송하다고 전해주세요. 그럼 갑니다."

그러고는 바로 이동한 곳은 마루의 제단.

피트의 기억 속에 있던 완성된 문신 마법이 있었기에 그걸 새기기 위해 왔다.

"미르, 나 왔어."

─어서 오십시오, 아우스 님.

"혹시 문신을 새길 만한 바늘이 있을까?"

—물론입니다.

벽 아래쪽의 서랍처럼 열리고, 그 안에 상당한 수의 바늘이 보였다.

열 개 정도의 바늘을 떠올렸다.

—문신을 하시려고요? 거울을 보여 드릴까요?

"그럴 생각인데 거울은 필요 없어."

내가 생각했던 8서클 문신 마법은 피트가 완성시킨 문신 마법의 일부였다.

내가 똑똑한 줄 알았는데 그건 엄청난 착각이었다.

500년을 훨씬 넘게 산 피트의 기억이 알게 모르게 돕고 있었던 거였다.

아무튼 누군가의 기억이든 9서클 문신 마법도 이젠 새길 수 있게 됐다. 그래서 미루지 않고 당장 할 생각으로 이곳에 왔다.

마나를 머금은 바늘들이 내가 생각하고 있는 곳을 빠르게 찍어갔다.

문신이 어느 정도 찍힐 때마다 기생체가 제 할 일을 다 했다는 듯 사라져 갔다.

머리 부근에 드리워져 있던 기생체가 사라지고 미간 부분의 홀을 제외하곤 찍는 데 걸린 시간은 1시간가량.

문신 마법을 새기는 것보다 기생체가 사라지는 것이 더 기분이 좋았다.

이제 마지막 미간의 홀만 찍으면 끝이다.

"괜찮겠지?"

문신 마법을 만든 마루도, 완성시킨 피트도 문신 마법을 9서클까지 새긴 사람은 없었다.

즉, 어떤 부작용이 있을지 아무도 모른다는 얘기다.

"두 명의 천재들이 한 거니 괜찮겠지. 아! 혹시 모르니 가족들에게 연락이라도 해둘까?"

고민을 하다가 그냥하기로 했다.

하나의 바늘이 미간을 원 형태로 찔러 나간다. 그리고 원을 만들자 원의 중심, 미간의 중심으로 어마어마한 마나가 스미어 나왔다.

"음, 이러다가 내부의 마나가 마르는 거 아냐?"

9서클이 되면서 마나가 필요할 때면 언제든지 쓸 수 있다고 생각했는데 아닌 것 같다.

미간 북쪽의 마나홀을 뚫었다. 다시 내부의 마나가 쑥 빠졌다.

연속으로 네 개를 뚫자 절반 가까운 마나가 빠졌다.

"일단 모으자. 불안하다."

내부에 마나를 가득 채웠다.

이젠 괜찮겠지 싶어 네 개의 마나홀을 마저 뚫었다. 그 순간, 지금까지와는 전혀 다른 속도로 마나가 빠지기 시작했다.

"…어어! 왜 이래!"

바로 자리에 앉은 후 주변의 마나를 몸 안으로 불러들였다. 그런데 문신 마법의 미간에서 빨아들이는 마나의 양이 더 많았다.

'미친! 이러다가 죽는 거 아냐?'

피트를 욕하면서도 마나 모으기는 계속했다.

제단 내부에 있던 블루 마나석들이 내 의지에 의해 마나로 변했다. 그 순간만큼은 들어오는 마나의 양이 커지면서 균형을 이루었지만 블루 마나석이 모두 사라지자 다시 부족해졌다.

'내가 피트를 믿다니. 이런 빌어먹을! 더! 더! 모이란 말이야!'

마나가 들어오자마자 미간으로 빠져나가 버리는 상황까지 왔다. 이제 온몸의 힘마저 빠지고 시야까지 희미해졌다.

이렇게 허무한 일이 있을까 싶다.

가족들에게 연락이나 할걸.

유입되는 마나가 전혀 없음에도 미간의 마나홀들은 마나를 더 달라고 아우성이다.

'이 피트 같은 놈아! 더 줄 건 없다니까! 아!'

어디서부턴가 마나가 흘러나가는 게 느껴졌다.

언젠가 봤었던 의식 너머의 공간에 있던 엄청난 양의 마나, 그것이었다.

미간의 마나홀들은 그것의 존재를 알고 있었는지 마구잡이로 잡아먹었다.

'줄어든다!'

얼마나 지났을까. 당기는 힘이 서서히 약해졌다. 그리고 어느 순간 더 이상 빨아들이지 않았다.

'설마 균형을 이루려고?'

내부와 외부 마나의 균형을 이루려는 하는 것을 내가 착각을 한 모양이다.

'다행히⋯ 큭!'

생각은 더 길게 이어지지 않았다.

미간에 모인 어마어마한 마나가 문신을 타고 외부로, 의식 너머에 있던 마나가 내부로 타고 흘렀다. 그렇게 온몸 구석구석을 정화하며 돌던 두 개의 기운은 하단전, 중단전, 상단전에서 만나며 거대한 폭발을 일으켰다.

쾅! 쾅! 쾅!

마지막 폭발음과 함께 나는 정신을 잃었다.

눈을 떴다.

마루의 제단 내부에 있다 보니 얼마나 정신을 잃었는지 알수가 없다.

"⋯얼마나 이러고 누워 있었지?"

─열흘입니다.

"네가 침대로 옮겼나?"

―신체 변화가 끝난 것을 감지하고 바로 옮겼습니다.

"신체 변화?"

―예! 서클이 올라갈 때와 비슷한 신체 변화입니다. 다만 제 기록에 있는 어떤 신체 변화보다 강렬했습니다.

"달라진 건가? 모르겠네."

좀 있다 체크해 보기로 하고 일단 젠느에게 연락을 했다.

[이제 말없이 집에 안 들어오는 게 너무 자연스럽다고 생각 하지 않아?]

[미안, 급한 일이 생겼어.]

[얼마나 급한 일이기에 연락도 못 해?]

걱정해서 하는 소리라는 걸 알기에 사과를 한 후 묵묵히 그녀의 잔소리를 들었다.

함께 살게 된 후에도 본 날보다 안 본 날이 훨씬 많을 정도 니 젠느의 반응은 당연했다.

[…그래서 언제 올 거야?]

[…좀 더 걸릴 것 같아.]

이계의 생활을 가상현실로 훑어볼 생각이다. 물론 집에서 며칠 있다가 다시 와서 해도 되지 않을까 생각했다. 그러나 어 떤 예감이 그래선 안 된다고 말했다.

[알았어. 대신 매일 한 번씩은 연락해.]

[그럴게.]

[몸조심해.]

[젠느도. 율리에게 끝나자마자 간다고 전해줘.]

젠느와 연락을 끊고 에리안, 베루와 차례차례 대화를 했다. 젠느만큼은 아니더라도 한마디씩 했다.

"행성의 평화보단 가정의 평화가 우선인데……"

연락을 끝내고 씁쓸하게 중얼거렸다.

최대한 서두르자는 생각에 일단 몸부터 체크를 했다.

"딱히 뭐가 달라졌는지 모르겠는데."

약간 가벼워졌다는 느낌뿐 몸도 마법도 그대로인 것 같다.

"아직 벽을 넘지 못해서 그런 건가?"

의미 없는 몸 체크는 그만뒀다.

"미르, 지구에 대해서 가상현실로 봤으면 하는데."

─어느 정도 수준으로 말씀입니까?

"어떤 수준이 있는데?"

─전문가용은 하루 10시간씩 보면 보는 데만 1년 넘게 걸립니다. 일반용은 3개월, 유아용은 1시간부터 6시간이면 볼 수 있습니다.

"일단 대략적으로 볼 수 있는 6시간짜리 유아용으로 할게. 그 다음에 심화해서 볼 부분을 말해줄 테니 따로 보여주면 될 거야."

─그러겠습니다. 캡슐로 들어가시죠.

캡슐로 들어가자 얼굴을 덮는 마스크가 다가왔다.

"이게 컴퓨터라는 건가?"

피트의 기억 때문에 이제 컴퓨터라는 것이 무엇인지 대충은 알게 됐다.

―컴퓨터는 엄밀하게 말하자면 저를 말합니다. 마스크는 제 명령에 따라 아우스 님의 뇌를 자극해 가상현실을 보여주는 장치입니다.

"그래? 일단 보자. 참! 저녁 6시엔 깨워줘. 연락을 해야 하거든."

―알겠습니다. 눈을 감으십시오.

눈을 감았다. 잠시 후 눈을 뜨라는 말에 눈을 떴다.

50대 초반의 콧수염이 멋지게 난 중년 남자가 눈앞에 서 있었다.

―저를 형상화한 모습입니다.

"목소리와 꽤 잘 어울리네."

―감사합니다. 언제든 필요하면 부르시면 됩니다. 자! 그럼 지구의 생성부터 시작하겠습니다.

가만히 서 있었는데 갑자기 세상이 나를 기준으로 뒤로 물러나기 시작했다.

지구라는 푸른 별이 사람 머리통만 하게 작아진 후 미르의 내레이션 흘러나왔다.

―지구는 4억 5천 년 전에 수많은 먼지와 운석들이 충돌을 거듭하며 만들어졌습니다.

우주라는 밋밋한 공간에 태양이 생겨나고 지구가 생겨나는 과정은 그야말로 어마어마한 광경이었다.

현재 살고 있는 행성 또한 똑같은 방법으로 탄생되었을 터. 태양계, 은하, 은하성단 따위의 단어를 접했을 때와 직접 눈으로 보는 것과는 차원이 달랐다.

정말이지 내 자신이 한없이 작아지는 기분이 들면서도 눈앞에 보이는 화면에서 눈을 뗄 수가 없다.

지구가 형성되고 유성 비가 내리고 여러 가지 활동을 통해 처음 봤던 지구의 모습으로 점점 바뀌어갔다. 그리고 그 속에서 태어나는 생명들.

바다에서 태어난 생명들이 육지로 상륙하고 차츰 육지 생물들이 탄생했다.

화면 옆에 있는 년도 표시가 억 년 단위로 움직이다가 천만 년 단위로, 또 백만 년 단위로 바뀌며 유인원들이 나타났다.

"저들이 인류의 기원이야?"

─그렇습니다. 정확하냐고 묻는다면 확답은 드릴 수 없습니다. 실제로는 남아 있는 화석과 흔적들로 유추한 것에 불과하니까요.

나름 고고학─지금 보는 화면에 비하면 고고학이라 부르기도 민망한─을 배워서 무슨 말이지 이해가 됐다.

만 년 단위로 움직이던 시간이 천 년 단위로 움직이게 되었을 때 인간이라 부를 수 있는 이들이 보였다.

그리고 이어지는 지구의 세계사.

고대, 중세, 르네상스, 근대, 현대.

6시간이 눈 깜박할 사이에 지나갔다.

―어디를 자세히 보시겠습니까?

"고대 문명부터 보고 싶은데."

―이집트, 메소포타미아, 인더스, 황하 문명 중에 선택해 주십시오.

"이집트부터 볼래. 근데 지금처럼 설명 위주인가?"

―직접 그 시대의 사람처럼 지낼 수도 있습니다.

"그렇게 볼래."

―알겠습니다. 한데 지금 5시 50분인데 부인께 연락을 하고 식사도 한 후에 하시는 게 어떻습니까?

생각해 보니 10일 만에 일어나자마자 가상현실을 경험하고 있는 중이었다.

그럼에도 불구하고 배가 고프지도 않다.

"점점 인간과는 멀어지는군."

―무슨 말씀인지 모르겠습니다.

"혼잣말이야. 알았어. 깨워줘. 식사는 제대로 하면서 해야지."

얼마나 걸릴지 모르는 장기 레이스가 될 것 같았기에 느긋하게 생각하기로 했다.

＊　　　　＊　　　　＊

"우욱! 어, 언니. 그거 치워줘요."

에리안은 방금 전까지 먹고 싶었던 돼지 뒷다리 요리가 들어오자마자 올라오는 구토감에 손을 흔들었다.

"입덧이 이렇게 심해서야. 얼른 치우려무나. 혹시 또 먹고 싶을지 모르니 놔두렴."

"네! 공작부인."

하녀가 음식을 가지고 나가고 나서야 에리안은 창문 근처를 서성이다가 테이블로 왔다.

"휴우~ 이제야 살 것 같네요."

"그러다가 애까지 상하겠어."

신전 준공식에 가서 아라의 축복을 받은 건 신의 한 수였다. 축복을 받은 날부터 며칠간 계속 잠자리를 가졌고 결국 임신했다.

그에 너무 기뻐 엄청난 금액을 아라교에 보냈다.

하지만 정성이 부족했을까. 입덧이 엄청 심했다.

"과일이라도 먹을 수 있으니 다행이죠."

"과일만 먹어서 어떻게 몸을 유지하려고. 혹시 먹고 싶은 거 있음 언제든지 얘기해. 요리사들 24시간 대기시켜 두고 있으니까."

"고마워요, 언니."

"고맙긴, 내가 오히려 더 고마워. 그동안 나만 아이를 가진 것 같아 얼마나 미안했는데. 그러니까 건강 잘 챙겨서 건강한 아이 낳아."

젠느는 에리안의 두 손을 꼭 잡고 말했고 에리안은 그녀의 진심이 느껴지는 듯 빙긋이 웃으며 답했다.

"그럴게요."

"그나저나 아우스 이 인간은 어떻게 임신할 때마다 집에 안 들어오는 거야!"

매일 연락만 할 뿐 집에 들어오지 않은 지 벌서 3개월째다.

"그래도 매일 연락하잖아요."

"성격도 좋다. 이번에 돌아오면 정말 확실하게 얘기해야겠어."

"성격이 좋은 게 아니라 아이한테 안 좋은 영향 끼칠까 봐 좋게 생각하는 거예요. 아이 낳고 나면 그땐 정말 용서하지 않으려고요."

"맞아! 근데 뭐 때문에 안 들어오는지는 들었어?"

"저한테도 말 안 했어요. 들은 말로 유추하기엔 깨달음을 얻기 위함인 것 같더라고요."

"…9서클에서 더 깨달을 것도 있나? 하여간 얼마나 더 강해지려고 그러는 건지, 쯧쯧!"

젠느는 아우스를 이해할 수 없다는 듯 고개를 흔들며 혀를 찼다.

"뭔가 생각이 있을 거예요. 사실 아우스는 필요 이상으로 강해지려고 노력하는 타입은 아니거든요."

"그래서 더 불안해. 인간 같지도 않은 그가 더 강해져야 할 이유가 뭘까 하고……."

젠느도 아우스에 대해 잘 안다.

말하진 않았지만 9서클이 되어서도 뭔가에 쫓기는 사람처럼 굴 때가 많았다.

"너무 걱정 말아요. 잘될 거예요."

"그래, 믿어야지. 근데 앤 왜 이렇게 안 오지? 간만에 가서 며칠 더 있다 오려나?"

"누구요?"

"베루. 네가 과일만 먹는다니까 고향에 가서 과일 챙겨 온다고 갔거든."

"아하~ 그래서 안 보였구나. 전 또 방에 박혀서 뭔가 하는 줄 알았어요."

오우거도 제 말하면 온다더니 베루 얘기를 하고 있자 쿵쾅거리는 소리가 들렸다. 그리고 곧바로 문이 열렸다.

"저 왔어요!"

"잘 다녀왔어?"

"네. 아공간 가방에 과일 가득 챙겨 왔어요."

"과일만?"

"큰 언니를 위해서 당연히 술도 챙겨왔죠. 호호!"

"어머! 얘 봐라. 내가 많이 마시니? 네가 더 많이 마시지."

"그렇다면 제가 더 가져도 되죠?"

"그건 안 되지. 자자! 다녀오느라 고생했어. 에리안은 과일, 우리는 술 한잔씩 해볼까?"

"좋아요!"

세 여자는 아우스를 안주 삼아 과일과 술을 마셨다.

*　　　　*　　　　*

"귀가 왜 이렇게 간지러워. 누가 내 욕하나?"

새끼손가락으로 귀를 후빈 후 마지막 남은 빵을 입에 넣고 우유를 마셨다.

지구에 대해 알아보기 시작한 것도 벌써 3달째.

수박 겉핥기식이긴 했지만 지구에 대해 안다고 말할 정도는 됐다.

하나하나 자세히 파고든다면 수백 년을 매달려도 부족할 것이다.

—이번에는 어떤 걸 보시겠습니까?

식사를 마치고 나자 미르가 으레 물어왔다.

"글쎄, 역사에 대해선 더 알아볼 필요가 없을 것 같고 우주에 대해서 알아볼까."

잠시 고민하던 나는 말했다.

—기초, 일반, 심화 중에 어떤 걸 선택하시겠습니까?

"기본이면 충분해. 내가 우주로 나갈 수 있는 것도 아니잖아."

그저 흥미 때문에 보는 거다.

미르에게 말하진 않았지만 우주에 관한 영상—이제 가상현실과 영상쯤은 구분한다—을 보고 집으로 돌아갈 생각이다.

자연스럽게 캡슐로 들어가 눈을 감았다. 그리고 다시 눈을 떴을 땐 우주가 보였다.

아이가 들어도 금세 이해가 될 만큼 쉬운 미르의 설명이 더해졌다.

태양계에 대해서 설명할 때였다.

문득 태양계가 원소와 무척 닮았다는 생각이 들었다.

태양을 원자핵이라 보면 행성들은 전자였다.

눈에 보이지 않을 만큼 작은 것과 눈에 담을 수 없을 만큼 큰 것이 닮았다.

묘한 기시감과 함께 갖가지 상념들이 마구 튀어나왔다. 그리고 정리되지 않고 뒤엉켰다.

'행성은 왜 원일까? 전자도 원일까? 마나는 어떤 원리지……?'

수많은 의문이 마치 먼지가 뭉쳐져 지구가 되듯이 뭉쳐지고 뭉쳐져 서서히 형태를 드러냈다.

'나는 가장 작은 존재일 수도, 동시에 가장 큰 존재일 수도 있어. 그러려면 어떻게 해야 하지? 같음은 인정하는 거다. 인정만 하면 되는 거야?'

끊임없이 의문을 던지고 그 해답을 찾는다. 그러다 보면 또 의문이 떠올랐고 또 그에 대한 해답을 찾는다.

미르가 뭔가를 말하고 있는데 아무것도 들리지 않는다. 어느새 태양계에서 은하계 중심으로 커진 화면만 뚫어지게 쳐다봤다.

은하계 중심에 있는 거대한 블랙홀.

그 블랙홀의 궤도를 도는 별들.

'내가 찾던 것이 비움과 원심력이었나?'

푸왁!

갑자기 세상을 하얗게 만드는 빛이 눈을 덮쳤다. 그리고 곧 우주처럼 컴컴해졌다.

* * *

"휴우~ 끝!"

아라는 원형의 배터리를 교체한 후 식은땀을 닦았다.

말이 배터리지 잘못되면 인공위성 따윈 단숨에 사라지게 만들 수 있는 물질이 담겨 있었다.

배터리 교체를 끝으로 수리는 완료됐다.

이제 남은 건 제대로 작동하는지 확인하는 것뿐.

"메인 컴퓨터 접속해서 에너지를 공급해 봐."

─알겠습니다. 접속합니다. 접속 완료. 에너지를 공급합니다.

우웅~

에너지가 흐르는 소리와 함께 지금까지 꺼져 있던 일부 장치에 불이 들어왔다.

─에너지 방출이 약간 불안정하지만 작동 정상! 인공위성에 대한 권한 리셋! 소유권자 김아라. 데이터 이상 유무 체크 및 인덱스 시작! 대략 다섯 시간 후 완료 예정입니다.

"완료되면 가장 먼저 나에 대한 영상부터 정리해 놔."

─알겠습니다.

"확인해야겠어. 나의 과거를! 내 기억을!"

또다시 악몽을 꾼 아라는 인공위성의 수리를 완료하고 4시간도 자지 못한 채 깨어났다.

"…이 지긋지긋한 꿈도 이제 곧 끝나겠지."

오랜만에 식사다운 식사를 하고 싶어 장로들이 붙여준 아이들에게 식사를 가져오라고 지시를 내렸다.

30분이 되지 않아 음식으로 가득 찬 식탁에 앉을 수 있었다.

"양이 너무 많은데. 수하는 뭘 하고 있으려나?"

아라는 아우스에게 심어둔 신호를 감지하려 했다. 근데 생각과 동시에 연결이 되어야 하는데 그럴 기미가 보이지 않았다.

좀 더 집중을 했지만 마찬가지. 심어둔 신호 자체가 흔적도 없이 사라져 버렸다.

"하! 벌써 신호를 제거할 줄 알게 된 거야? 그렇다고 못 찾을 줄 알고."

아라는 식사는 내버려 두고 아우스를 찾기 위해 감각을 퍼뜨렸다. 그런데 한참을 찾아도 아우스가 없다.

"요것 봐라. 숨바꼭질이라도 하자는 거냐? 나중에 더 강력한 신호를 심어야겠네."

기다리는 게 없었다면 바로 찾으러 갔을 것이다. 그러나 40분 후면 인공위성이 찍은 영상을 확인해야 했기에 일단 놔두기로 했다.

엘프가 만든 과일주를 반주 삼아 식사를 했다.

"얼마나 남았지?"

─2분 남았습니다.

느긋하게 애플 체리를 하나 먹고 나자 메인 컴퓨터가 완료가 되었음을 알렸다.

─완료됐습니다.

"좋아. 그럼 내가 이곳에서 쫓겨나기 1년 전부터의 영상을 보여줘."

─지금 재생합니다.

1년 전이면 얼음 성에 있을 때다. 그래서인지 영상은 생체 에너지에 반응을 보여주는 영상뿐이었다.

"응? 왜 얼음 성에 두 명이지?"

─죄송합니다. 그에 대한 비밀은 권한 밖입니다.

"…마루가 감추려 한 것이 저 또 다른 생체 에너지에 관한 것인가 보네."

—그 역시…….

쾅! 탁자를 내려친 아라가 외쳤다.

"알아! 그저 혼잣말이었을 뿐이야! 이제부터 저 안의 생명체가 밖으로 나오는 화면부터 보여줘."

마루가 걸어둔 권한과 인공위성을 고치면서 얻게 된 권한이 상충하면서 말을 못 한다는 걸 알고는 있다. 그러나 생명체 반응을 보자마자 알 수 없는 분노가 치밀어 올랐다.

—알겠습니다.

잠시 후 영상이 바뀌며 얼음 성 출구에서 한 명의 꼬맹이가 나오는 것이 보였다.

"어떻게 아이가 있을 수 있지? …저 아이의 영상을 계속 보여줘. 확대."

천진난만한 표정으로 어디론가 향해 날아가는 아이의 모습에 아라는 넋이 빠진 듯 중얼거렸다.

"…미르, 미르가 어떻게……."

텔레포트를 하는지 미르는 금세 다른 곳으로 이동했고 인공위성은 바로 그가 이동한 곳을 보여줬다.

그리고 이어지는 영상.

지구를 떠나기 전 병으로 죽은 아들은 불길로 마을을 전체를 막고 벌레를 분리해 죽이듯 인간들을 잔인하게 학살하고 있었다.

생체 실험이라도 하는 걸까. 끔찍한 장면에 절로 인상이 구겨졌다. 그리고 어느 순간 찌푸려진 눈빛이 파르르 떨렸다.

그녀의 머릿속에 지워졌던 기억이 떠오르기 시작한 것이다.

우주의 통과할 때 얻게 된 병 때문인지, 너무 오래 살게 되면서 DNA가 바뀐 건지 지구에서 이 행성으로 이주해 온 이들은 자연적으로든 인공적으로든 아이를 가질 수가 없었다.

지구에서 냉동 보관 해 가져온 것들은 아무 이상이 없었는데 오직 그들의 DNA로는 생명을 만들어내는 것이 불가능했다.

하지만 그녀는 마침내 불가능을 가능하게 만들었다.

그녀와 마루의 DNA에 우연과 집념이 더해져 만들어진 작은 생명체가 태어난 것이다.

아라는 그 아이에게 과거 지구에서 잃었던 아이의 이름을 붙여주었다.

한데 신의 장난일까. 얼굴마저도 과거의 미르와 똑같이 닮은 그 아이는 인성을 가지고 있지 않았다.

가르치면 될 거라, 시간이 흐르면 가지게 될 거라 생각했는데 아니었다. 증세는 점점 심해졌고 하루라도 피를 보지 않으면 잠들지 못할 정도의 괴물이 되었다.

그럼에도 불구하고 그녀는 미르를 감쌌다.

행성의 모든 생명체는 다시 만들 수 있지만 미르는 만들기 불가능하다고 생각했기 때문이다. 그러나 마루와 다른 선원들의 생각은 달랐다.

미르를 인간이 아닌 괴물로 봤고 결국 마루의 계략에 미르를 잃게 되었다. 그리고 힘을 빼앗기고 얼음 성에 유폐되었다.

유폐된 그녀의 분노는 선원들과 행성의 생명체들에게로 향했다.

오랜 삶은 가임 능력은 물론, 그녀의 이성마저 갈아먹은 것이 틀림없었다.

아름답고 생명애로 가득했던 부함장 아라는 오로지 복수만을 생각하는 괴물이 되었다.

죽이고 말겠다는 강력한 원념은 그녀의 마법을 한 단계 더 발전시키는 결과를 가져왔다.

마침내 금제에서 벗어난 아라는 드디어 복수를 시작했다.

여덟 명의 위원을 차례차례 죽이고 마루를 찾아갔다. 한데 여덟 명을 죽이면서 입게 된 상처들이 쌓인 상태에서 마루를 상대하는 건 무리였을까. 그를 죽이는 데 성공을 했지만 그 못지않은 상처를 입었다.

그녀는 이대로 죽을 수 없었다. 아직 제2의 지구라고 명명된 이 행성의 생명체들을 죽이지 못했다.

정신체 이동을 연구하면서 해둔 소환 의식에 마지막 희망을 걸기로 했다.

그러려면 소환에 필요한 몸과 그 힘이 필요했다. 그건 의지를 남겨서 해결하기로 했다.

식탁 위에 있던 접시들과 물건들이 일제히 공중으로 떠올랐다.

"아아아아아악!!!"

기억을 찾은 아라는 비명을 질렀다.

되찾게 된 생명체에 대한 악의가 그녀의 뇌를 잠식해 들어 갔다.

그때 아라의 몸이 부르르 떨렸다. 그리고 힘을 잃은 접시와 물건들이 바닥에 떨어지며 '와장창!' 요란한 소음을 만들었다.

[아라 님은 신이 아니라 그의 말처럼 마왕이었군요.]

억눌러 놓았던 하디드의 정신이 깨어난 것이다.

[닥쳐! 내 몸에서 꺼져!]

[아뇨. 제 몸이에요. 내가 믿던 신께 드린 거지 당신에게 준 게 아니에요.]

하디드는 강림했다는 아라의 말을 믿고 무의식의 저편으로 조금씩 조금씩 가라앉고 있었다.

하지만 아라의 되살아난 기억을 공유한 후 다시 밖으로 빠져나왔다. 그대로 둔다면 인간 세상은 필멸이나 다름없었다.

[내가 신이야! 너희들을 만든 것도 나였어!]

[아뇨. 당신들이 한 건 그저 생명의 씨앗을 뿌린 것뿐이에요. 만든 건 이 행성이 만든 거죠.]

[닥쳐! 닥쳐!]

"아아아아악!"

아라는 비명 소리와 함께 정신을 잃었다.

지구에서의 꿈을 꿨다.

전쟁으로 인해 병들어 버린 지구는 전쟁이 끝이 났음에도 되돌아오지 못했다.

새 생명이 태어나도 병들어 죽고 자원은 고갈되어 결국 선택할 수밖에 없었던 것은 테라포밍이었다.

지구 연합 소속의 수많은 함정은 그렇게 지구를 떠났고, 그 중엔 아라가 속한 Ko―0123함정도 있었다.

10년마다 캡슐에서 깨어나 함정의 상태를 살피고 다시 캡슐에 잠들길 수백 차례.

함정의 메인 컴퓨터마저 파악할 수 없는 이상한 우주의 지대를 수차례 통과하며 마침내 제2의 지구가 될 행성을 찾을 수 있었다.

"마루, 이곳을 미르의 동생들이 살아갈 수 있는 곳으로 만들어봐요."

"그래. 우리의 아이들의 아이들, 또 그 아이들의 아이들이 살 수 있는 곳을 만들어보자."

아직 불타오르는 행성을 보고 다짐하는 마루와 아라.

……

정신을 잃었던 아라가 눈을 떴다.

깊게 가라앉은 눈빛, 보는 것만으로도 치료가 되는 듯한 분위기는 사라지고 섬뜩함만이 남아 있다.

"…나의 아이를 죽인 너희들이 살라고 만들어둔 곳이 아니야."

자리에서 일어난 아라는 메인 컴퓨터를 향해 말했다.

"대륙 곳곳에 묶어둔 몬스터 위험 구역을 풀려면 어떻게 해야 하지?"

강인한 생명력으로 행성 만들기에 일조했던 드래곤 웜 같은 몬스터들은 일이 끝난 후 대부분 폐기가 되었다. 그러나 일부는 구역을 만들어 그곳에 묶어뒀다.

악몽의 숲 역시 그러한 구역 중 하나였다.

―불가합니다, 아라 님.

"…또 권한 타령을 할 셈인가?"

―그렇습니다. 권한이 문제입니다.

"흥! 생명체들에게 본때를 보여주기 전에 일단 너부터 손을 봐야겠네."

―설령 아라 님이라고 하셔도 절 공격하면 방어하도록 되어 있습니다. 부디 자중해 주시기 바랍니다.

"막을 수 있으면 막아."

아라는 바로 메인 컴퓨터가 있는 함정의 중심 지역으로 이동했다.

굳게 닫친 거대한 문.

―더 이상 접근을 하면 방어 체계를 가동할 수밖에 없습니다.

벽에 여러 개의 무기가 나와 그녀를 겨누었다.

"내가 전에 마루와 다른 위원들을 죽일 때 너를 무력화시킬 것까지 생각을 해뒀어. 설마 내가 4년간 놀고만 있었다고 생각한 거야?"

아라는 조그마한 기계를 품에서 꺼냈다.

―무엇인지 모르겠지만…….

"끝까지 들어. 내가 그저 참고 있었던 건 일급비밀로 걸어 둔 자료가 사라질까 저어해서야. 하지만 이제 필요 없어. 널 내 뜻대로 움직이게 만들면 그걸로 족해."

―전 그저 매뉴얼대로 움직일 뿐입니다. 그 버튼을 누르는 즉시 공격을 하겠습니다.

삐빅!

메인 컴퓨터가 말하는 순간 아라는 기계에 달린 버튼을 눌렀다.

쿠쿵! 쿵! 쿵!

연속해서 폭발음이 들렸고 진동이 전해졌다.

―에너지 고, 공급을… 끄, 끊어 절 초기화… 시, 시킬 생각이시군요. 하, 하지만 보조…….

쾅!

"어쩌지, 보조 전원실도 망가졌네."

―하, 하지만… 다, 다시 전원이 들어오면…….

"걱정 마. 약간의 역전류가 흐르도록 해뒀으니까.

지지직! 지지직!

사방에 스파크가 튀었다. 회로를 태울 정도까진 아니지만 장치에 이상이 생기기엔 충분했다.

스르륵! 쿵! 스르륵! 쿵!

육중하게 닫혀 있던 문이 열렸다 닫혔다를 반복했고, 열리는 순간 아라는 안으로 들어갔다.

적당한 크기의 공동 안에 메인 컴퓨터가 있었고 그 앞의 의자와 책상에 메인 컴퓨터를 다룰 수 있는 패널이 놓여 있었다.

"마지막으로 리셋만 누르면 끝이지."

콰직!

책상 옆을 뜯어내자 복잡한 기계장치가 보였다. 아라는 그곳을 향해 손을 뻗기 전에 전류를 차단시켰다. 그런 후 직사각형의 보드를 빼내더니 역으로 돌려 안으로 밀어 넣었다.

우웅~

─모든 설정, 리셋 중! 리셋 중!

메인 컴퓨터가 재가동되며 리셋이 되고 있음을 알렸다. 그리고 10분 정도 지나자 마침내 리셋이 완료됐다.

─리셋 완료.

아라는 전원을 차단하고 보드를 원래대로 끼워 넣었다. 그리고 보조로 만들어둔 전원을 메인 컴퓨터에 공급시켰다.

─모든 권한이 초기화되었습니다. 최고 수준의 명령권자를 입력해 주십시오.

아라는 빠르게 패널을 통해 입력을 완료했다.

—이제부터 최고수준의 명령권자는 아리 님이십니다. 명령을 대기 중입니다.

"좋아! 몬스터 위험 구역은 몇 곳이나 있지?"

—잠시만 기다려 주십시오. 자료를 검색 중입니다. 행성 지구의 몬스터 위험 구역은 총 스물네 곳입니다.

"그곳에 걸어뒀던 결계를 지금 이 시간부로 모두 제거하도록."

—제거하도록 하겠습니다. 앞으로 30분 후에 모두 제거가 완료됩니다.

"다음으로 각 대도시와 몬스터 위험 지역을 이동 게이트로 연결할 수 있나?"

—함정의 에너지를 이용하도록 허락하시면 수백 개의 게이트를 여는 게 가능합니다.

"허락한다. 각 나라마다 하나씩 연결하도록. 또한 일반 몬스터들이 사는 곳과 도시 역시 연결시키도록."

—인공위성으로 인구 비율을 확인해 우선순위가 결정되면 알려 드리겠습니다.

"그럴 필요 없어. 아라 시티만 제외하곤 네 임의대로 해도 좋다."

—알겠습니다. 그럼 파악 즉시 게이트를 연결하도록 하겠습니다.

"마지막으로 위성 무기 중 C1급을 준비해 둬."

C1급은 한 방에 도시 하나를 파괴할 수 있는 무기다.

─위성 무기 C1 충전 시작. 완전 충전까지 5시간 걸립니다.

"모든 생명체가 사라지는 걸 똑똑히 지켜보겠다. 내가 이동하는 곳마다 상황을 확인할 수 있는 화면을 보여줘.

─알겠습니다.

대답과 함께 여러 개의 화면이 아라의 눈앞에 펼쳐졌다. 그리고 그 화면 중엔 악몽의 숲도 있었다.

서서히 결계가 약해지자 그동안 악몽의 숲을 넘어가지 못하던 온갖 몬스터들이 결계의 약해짐을 느끼고 결계 주위로 모여들기 시작했다.

71장
재앙의 서곡

　발칸 제국이 망하면서 서대륙의 유일한 제국이 된 뮤트 제국의 수도 크라운 시티.

　마법 용품 수리점이 모여 있는 시장 골목 한구석에 위치한 형제 수리점으로 막 한 청년이 들어갔다.

　"모리스, 배달 마치고 돌아왔어."

　아우스가 떠날 때만 해도 크지 않았던 지온은 어느새 건장한 성인이 되어 있었다.

　"고생했어, 형. 이건 조금 전에 수리해 둔 거."

　모리스 역시 지온 못지않게 바뀌어 있었다. 현재 두 사람은 3서클로 수리점을 운영하기엔 부족함이 없었다.

"바로 가라고? 조금만 쉬고 가자. 계속 돌아다녔더니 다리가 아프다."

"그러든가."

모리스는 지온을 신경 쓰지 않고 수리에 열중했고 지온은 냉장고에서 물을 꺼내 마셨다.

그리고 멍하니 앉아 있기 심심한지 입을 열었다.

"재수 씨는 어때?"

현재 둘 다 결혼을 한 상태. 모리스의 부인이 아파 한동안 모리스는 마음고생이 심했다.

"말했잖아. 아라 시티에 다녀온 다음 완전히 나았어."

"재발하진 않고?"

"전혀. 형도 이제부터 아라교 신전에 다녀. 분명 더 좋은 축복을 받을 거야."

"쩝! 난 종교에 관심 없잖아."

어릴 때부터 머리 회전이 빨랐던 지온은 종교를 믿을 수가 없었다.

한데 얼마 전 그의 부인이 아라교의 신자가 되면서 휴일이면 매번 신전으로 가자고 해 여간 곤욕스러운 게 아니었다.

그러나 아라 시티에서 있었던 대규모 기적과 부인 말을 들으면 자다가도 떡이 생긴다는 요상한 말을 매번 듣다 보니 '한 번 나가볼까?' 하는 생각이 최근 들고 있었다.

"처음부터 관심 있는 사람이 어디 있어. 알아가면서 믿게 되는 거지."

"에휴~ 난 모르겠다. 그나저나 아우스 이 녀석은 정말 한 번도 안 오네."

"…그러게 말이야. 근데 작년에 몰린 형, 완전 멋있어지지 않았어? 말도 안 더듬고."

"난 멋있어졌는지는 모르겠는데, 도란스 삼국에서 귀족이라니 졸라 부럽더라."

작년 크라운 시티에 일이 있어 들른 몰린은 단숨에 알아볼 만큼 과거와 변한 것이 거의 없었다.

다만 입고 있는 옷, 말투와 행동, 그의 말에 고개를 숙이며 복종하는 기사들을 보며 몰린이 어떤 위치에 올랐는지 알 수 있었다.

지온이 어릴 때 꿈에 그리던 기사의 모습을 몰린이 하고 있을 줄이야.

"…몰린에게 가서 검술을 가르쳐 달라고 해볼까?"

"행여나 그런 생각하지 마. 가봐야 형은 기껏해야 칼받이, 화살받이 병사밖에 안 돼."

"나 무시하는 거냐?"

"무시하는 게 아니라 현실을 말하는 거야. 만약 형이 재능이 있었다면 아우스 형이 가만히 있었을 것 같아? 형이 싫다고 해도 몰린 형처럼 데리고 다니면서 가르치려 했을걸."

맞는 말이다. 지온 역시 안다. 알면서도 자꾸 부러워지는 건 어쩔 수 없다.

"리브 형도 귀족, 몰린도 귀족. 다들 귀족이 됐는데 우린 이게 뭐냐?"

전쟁에서 혁혁한 공을 세운 리브가 귀족이 된 건 벌써 2년 전이었다. 현재는 백작 영지에서 남작 작위를 받고 살고 있었다.

"괜히 헛바람 들지 마. 리브 형은 귀족이 되었지만 복수를 못 했다고 전쟁이 다시 나길 바라고 있잖아. 그게 어디 사람답게 사는 거야? 그런 면에서 형은 멋있게 살고 있잖아. 수도 외성에 집 있겠다, 번듯한 가게 있겠다, 애들도 둘 있겠다, 정말 성공한 사람은 형이야."

"알았어, 자식아! 이제 같은 3서클이라고 형을 가르치려 들어. 물건이나 줘. 얼른 갖다 주게."

"거기 있는 것만 하면 돼. 그 다음엔 나랑 바꾸자."

둘이 번갈아가면서 마나를 사용하고 있었다.

막 배달할 물건을 챙겨서 문을 나서려던 지온은 묘한 느낌을 받았다.

3서클에 불과한 그가 느낄 수 있을 만큼 강력한 마나의 울림이었다.

"…모리스, 너 이상한 느낌 못 받았어?"

"이 형이 오늘 왜 이럴까? 일하기 싫으면 그냥 하루 쉬자고 해."

"아냐! 자식아! 이 느낌……."

지온은 느낌이 어디에서 일어나는지 살펴봤다. 시장 진입로 사거리였다.

'확실히 뭔가 일어나려 하고 있어!'

지온이 최고 장점은 눈치가 빠르다는 거다. 그리고 그러한 눈치는 문득문득 드는 느낌을 무시하지 않았기에 생긴 것이다.

아니나 다를까, 그곳을 뚫어지게 바라보자 공간이 일그러지는 듯한 현상이 일어났다.

"모리스, 당장 돈 챙겨서 일어나!"

"아~ 진짜! 이 형이……."

"빨리! 장난 아냐!"

장난을 칠지언정 허튼소리는 안 하는 지온이었다. 그래서 뭔 일인가 싶어 인상을 찌푸렸다.

모리스가 고민하는 동안에도 지온은 일렁이고 있는 공간을 보고 있었다. 그리고 곧 눈이 커다란 사탕처럼 커졌다.

빛이 '확!' 터지며 소용돌이치는 이상한 원이 점점 커졌다. 그리고 그 원을 뚫고 나오는 거대한 손.

'오우거!'

"모리스, 당장 이리 와."

지온은 모리스를 잡고 뒷문으로 뛰었다.

"왜, 왜 이래?"

"빨리 외성 안으로 들어가야 해!"

차라리 자신이 잘못 보고 잘못 생각한 것이길 바랐다. 만일 정말 원에서 빠져나오려는 것이 오우거의 팔이고, 상상하는 것처럼 그 원형 문, 게이트에서 몬스터들이 빠져나오는 것이라면 그땐 외성 밖의 사람들은 절대 무사할 수 없을 것이다.

두 사람이 뒷문을 나가 골목을 돌 때였다.

쿠아아아아아아아아앙!

과거 발칸 산맥에서 들었던 오우거의 괴성이 일대를 울렸다.

피어가 담긴 괴성에 오줌이 찔끔 나왔지만 걸음을 멈출 정도는 아니었다.

"…서, 서, 설마! 오, 오우거?"

"오우거가 문제가 아냐. 아마……."

"아마, 뭐?"

"더 끔찍한 일이 벌어질지도 몰라. 더 빨리 뛰어! 외성 문이 닫히면 너랑 난 죽어!"

두 사람은 마나를 끌어 올리며 외성을 향해 미친 듯이 뛰었다. 그리고 다행히 문이 닫히기 전 외성 안으로 들어갈 수 있었다.

"아악! 무, 문을 열어줘!"

"살려줘! 크악!"

"몬스터… 케엑!"

잠시 후 아비규환과 같은 비명이 크라운 시티에 울려 퍼졌다.

*   *   *

각국의 수도와 대도시에 몬스터가 나타나는 게이트가 열렸다.

너무 갑작스러운 일이라 피해는 컸다. 각 도시는 사람들의 희생을 발판 삼아 방어 태세를 갖추었다.

그러나 그 희생이 무색하게 다시 한 번 큰 피해를 입게 됐다.

생전 처음 보는 몬스터와 벌레들의 출현은 견고한 방어막을 너무 쉽게 뚫어버렸다.

도란스 삼국의 한 축을 이루고 있는 볼트 공국, 그중에 산으로 둘러싸인 분지에 위치한 도시 멜보에 대규모 몬스터들이 쳐들어왔다.

불행 중 다행이라고 할까. 8서클이 아니면 죽이기 힘들다는 드래곤 웜이나 은밀하게 사람을 죽이는 벌레들은 보이지 않았다.

"물러나지 마라! 우리가 물러나면 가족들이 죽는다!"

튼튼해 보이는 성벽 위에 서서 기사들과 병사들을 독려하는 몰린.

과거의 말더듬는 버릇은 완전히 사라져 있었다.

"부단장님, 실버 울프입니다!"

병사가 가리킨 곳을 보니 수십 마리의 소만 한 실버 울프들이 성문을 향해 다가오고 있었다.

"저들은 나에게 맡기고 너희들은 화살을 날려라."

몰린은 허리춤에 차고 있던 검을 잡았다. 그리고 잠시 성벽 뒤를 바라보았다.

뚫릴 때를 대비해 남녀노소 할 것 없이 집안의 가재도구를 방벽처럼 쌓아 올리고 손에 무기를 잡고 있는 모습이 보였다.

그중에는 몇 해 전에 결혼을 한 유니도 있었다.

유니는 결혼 전 용병일 때 입던 옷과 무기를 든 채 긴장한 모습으로 서 있었다.

[집에 있지 왜 나왔어요?]

몰린은 위스퍼로 물었다.

[성벽이 뚫리면 어차피 살 수 없잖아요.]

[절대 뚫리지 않아요!]

[그럴 거라 믿고 나온 거예요. 이젠 예전처럼 강하지 못하거든요.]

그녀가 용병일 때의 모습을 떠올리곤 피식 웃었다.

[…아우스는?]

그는 유니와의 사이에서 낳은 아들 이름을 아우스라고 지었다.

[아버지, 어머니와 함께 있어요.]

[다녀오겠소.]

[다녀오겠다는 말, 약속 지켜요.]

[그리리다.]

짧은 대화를 마친 몰린은 검을 뽑았다. 막상 몬스터가 우글

거리는 곳을 바라보니 주춤거릴 수밖에 없다.

'아우스, 너라면 어땠을까?'

이럴 일이 있을 거라고 예상이라도 했는지 몇 해 전 아우스는 자신을 마스터로 만들어주고 떠났다.

물론 복면이 아우스라는 건 얼마 지나지 않아 알 수 있었다.

'아마 너라면 주저 않고 뛰어내렸을 거야, 분명.'

눈앞에 아우스가 있기라도 한 듯 과거처럼 해맑게 빙긋 웃은 그는 주저 없이 성벽 아래로 뛰어내렸다.

크아아악!

성벽을 기어오르려 하던 몬스터들은 갑자기 통통한 먹이가 내려오자 입을 벌리고 손을 뻗었다.

그러나 그 먹이는 제법 강했다.

파랗게 빛나는 검을 수직으로 내리꽂았다.

콰직! 쿠웅!

팔을 뻗던 대여섯 마리의 오크가 엄청난 무게에 눌린 듯 구겨졌고 검은 바닥에 꽂혔다. 그리고 부채꼴 모양으로 뻗어나가는 마나의 칼날들.

푸우우우왁!

마나의 칼날에 걸린 몬스터의 질긴 살가죽도, 강철 같은 뼈도 마치 푸딩처럼 잘려 나갔다.

단숨에 수십 마리의 몬스터를 잘라 버렸지만 그 틈새는 금세 메워질 것이 빤했다.

안 그래도 두툼한 다리의 근육들이 폭발할 듯이 부풀어 올랐다. 그리고 땅을 박차고 앞으로 튀어 나갔다.

스각! 스각! 스각!

실버 울프들과의 대결을 위해 검강이 아닌 검기를 두른 채 몬스터를 베며 전진했다.

'끝도 없군. 이러다가 엇갈릴 수도 있겠는데.'

실버 울프들의 목적지는 몰린이 아니라 성문이다. 근데 이대로라면 자신은 몬스터 속에 남고 실버 울프들은 지나칠 것 같았다.

안 되겠다 싶어 실버 울프들을 향해 강력한 살기를 발했다. 다행히 살기가 도움이 되었는지 성문을 향해 가던 실버 울프들이 방향을 살짝 비틀어 몰린에게로 뛰어왔다.

6서클 마법사보다 강하다는 평가를 받는 실버 울프지만 한 마리 한 마리는 무섭지 않다. 그러나 수십 마리라면 오히려 몰린이 위험했다.

게다가 주위엔 자신의 편은 하나도 없다.

실버 울프가 달려오자 몬스터들이 길을 터줬다. 그러자 달려오는 소만 한 늑대.

크르릉!

입을 통째로 잘라 버리겠다는 생각으로 검을 휘둘렀다. 한데 놈이 앞다리를 팔처럼 이용해 검면을 툭 쳤다.

영악하기 그지없는 한수.

검로가 변했고 검은 아슬아슬 놈을 베지 못하고 지나쳐 갔다. 그와 함께 서너 마리의 실버 울프가 좌우 아래로 다가왔다.

"일단 너희 네 마리부터!"

몰린은 발에 힘을 주고 땅바닥을 밟았다. 그 순간 땅거죽이 일어나며 다가오는 실버 울프들을 덮쳤다.

완전히 가려진 시야.

땅거죽을 향해 검강을 두른 검을 휘둘렀다.

검이 지나간 자리에 붉은색 피가 번졌다.

잘린 실버 울프의 목이 관성을 이기지 못하고 땅거죽을 뚫고 튀어나왔다.

이미 죽은 것이기에 무시를 했다. 근데 그 잘린 대가리 뒤에 또 다른 대가리가 있음을 순간 놓쳤다.

"위험……! 크윽!"

설마 동족의 잘린 대가리를 이용해 공격할 줄은 생각도 못했다.

순간의 방심치곤 상처가 제법 컸다.

이제 네 마리 죽였는데 벌써부터 상처라니.

"힘 아끼다가 죽겠네. 큐어! 파이어 볼!"

대여섯 개의 파이어 볼이 그의 어깨 위로 떠올랐고 덮쳐오는 실버 울프를 향해 뛰어들었다.

과거 아우스의 검술.

계속해서 마법을 만들어야 해서 마나 소모는 높다는 단점이 있지만 교란시키는 데는 탁월한 효과가 있었다.

물론 실버 울프들은 쉽사리 당하진 않았다. 차륜전을 하듯이 한 마리가 다치면 새로운 한 마리가 그 자리를 대체했다.

그러는 사이 작은 상처가 점점 늘어나고 그는 점점 실버 울프들이 모여 있는 중앙으로 들어갔다.

'지금이다!'

아우스의 경우 마스터가 된 후 테린 백작이라는 검술의 조예가 깊은 이를 만나 원리를 빨리 파악하고 힘을 제대로 쓸 수 있게 되었지만, 몰린의 경우 주변에 온통 마법사들뿐이라 개척하는 입장이었다.

그래서 마스터임에도 7서클 마법사와 동률을 이루거나 살짝 부족했다.

그러다가 작년에 뮤트 제국에 가서 황실 기사단을 보고 약간의 힌트를 얻었다.

중앙에 위치했다고 생각하는 순간 검을 비스듬히 바닥에 꽂고 빙글빙글 돌았다.

바닥의 무수한 흙과 돌이 튀어 올랐다가 회전하는 그의 몸을 따라 돌았다. 그리고 엄지손가락만 한 돌 조각이 파랗게 빛나기 시작했다.

'대지검!'

아직까지 미완성이라 마나 소모량이 많다는 것과 제어하기 힘들다는 단점이 있지만 주변 30미터가량은 순식간에 초토화

시킬 수 있었다.

작은 돌 조각 하나하나가 무기가 된 상태에서 점점 범위를 넓혀갔다. 그리고 그 회오리에 걸리는 건 뭐든지 갈려 버렸다.

눈 깜박할 사이에 흙의 회오리가 피의 회오리가 되어버렸다.

그리고 그의 30미터 주변엔 오로지 실버 울프의 것이라 생각되는 털들과 육편, 그리고 붉은 핏물만 남았다.

"허억! 헉! 헉! 마나 소모가 역시나 너무 커."

이제 성으로 돌아가야 하는데 몬스터들이 금세 빈자리를 채우며 다가왔다.

"…아우스를 위해서라도 돌아가고 만다."

거의 바닥까지 소모된 마나를 검에 씌우고 몬스터들을 향해 뛰어가려 할 때였다.

투명한 뭔가가 그의 몸을 잡고 성으로 끌어당겼다.

북문을 지키고 있던 그의 사돈어른이자 기사단장인 디킨이었다.

"쯧쯧! 미련한 사람 같으니라고. 그 기술을 쓰지 말라고 몇 번이나 말했나. 얼른 마나를 채우게. 급한 불은 끈 것 같으니 이곳의 방어는 잠시 내가 맡지."

무사히 살아났지만 몰린의 표정은 펴지지 않았다. 이제 시작에 불과하다는 걸 어렴풋이 느끼고 있었기 때문이다.

*　　　　*　　　　*

"마지노 영지와의 모든 연락이 끊겼습니다."

발칸 제국과의 전쟁에서도 버티던 마지노 영지가 사라졌을 것이라는 소식은 플린 왕국 몬스터 대책 위원 회의에 참여 중인 이들을 침중하게 만들기 충분했다.

가장 먼저 정신을 차린 건 이제는 제법 큰 루이 왕이었다.

"슈린 후작께서 마지노 영지가 어떻게 됐는지 살펴보고 오셔야 할 것 같습니다."

"당장 확인하고 오겠습니다."

"수정구를 잊지 마세요."

"물론입니다, 폐하!"

슈린 후작은 바로 일어나 밖으로 나갔다.

"현재 왕국의 방어 태세는 어떤가요, 에리안 백작."

에리안은 실시간으로 수정구를 확인하고 있었기에 바로 대답했다.

"현재는 소강상태입니다. 다만 원인 모를 벌레들 때문에 하루에도 수십 명씩 죽어가고 있습니다."

"증상도 보이지 않는다는 그 벌레 말입니까?"

"그렇습니다. 현재 각국과 연락을 하며 정보를 교환하고 있는데 벌레에 대해선 딱히……."

그때 회의실 문이 열리며 왕국 안보국의 마법사가 에리안에게 다가가 쪽지를 전했다.

왕과 고위급 귀족들이 회의를 하는데 난입을 하는 건 말도 안 되는 일이었지만 한시가 급한 현 상황에서는 허용됐다.

쪽지의 내용을 읽어보던 에리안은 밝은 목소리로 보고를 했다.

"벌레는 악몽의 숲에 있던 인간의 마나를 먹고 사는 벌레라고 합니다. 마나 디텍팅을 통해 검사가 가능하다고 합니다. 그리고 벌레에 숙주가 된 인간은 살 수가 없으니 강력한 파이어월로 몇 겹 둘러싼 후에 불태워 죽이면 된다고 나와 있습니다."

"도우 마탑에 협조를 구해 당장 외성 주민들에 대한 검사를 시행하라!"

"알겠습니다, 폐하!"

전령이 떠나고 나자 루이 왕이 에리안에게 물었다.

"어느 나라에서 그 소식을 전해준 것이오?"

"룬멜입니다. 과거 악몽의 숲 탐사 때 발견을 하고 겪어봤다고 합니다. 그 외에도 다양한 몬스터들에 대한 정보 역시 보냈다고 합니다."

"다행이군요. 내 룬멜 왕에게 감사의 인사를 전하겠어요. 한 가지 더."

"하명하십시오, 폐하!"

"아우스 대공의 소식은 아직도 없습니까?"

루이는 아우스를 대공으로 불렀다.

"…네."

"무사할 것이니 걱정 마세요. 세상에 아우스 대공보다 강한 자가 몇 명이나 있겠습니까."

강한 자는 많이 필요 없다. 한 명만 있어도 죽을 수 있는 것이 세상 이치다.

죽었다고 생각하진 않지만 아우스가 사라진 것과 현재 일어나고 있는 일이 왠지 연관이 있는 것 같다.

심지어 아라 시티에서 연일 몬스터를 제거해 달라는 기도를 올리고 있음에도 반응이 없는 것이 불안감을 더욱 부채질했다.

물론 내색은 하지 않았다.

이미 수많은 왕국민이 죽었고 현재 회의에 참석하고 있는 이들 중 가족을 잃지 않은 사람보다 잃은 이가 더 많을 정도였다.

또한 더 큰 문제가 남아 있었다.

"식량문제는 어떻게 되어가고 있습니까?"

최고 행정관인 울란 후작이 말했다.

"아직까진 괜찮습니다. 그러나 한 달이 더 지나면 부족해지리라는 계산이 나왔습니다."

"큰일이군요. 몬스터에게 피해를 입지 않은 지방 영지의 협조를 구하는 일은 어떻게 되어가고 있습니까."

"지금은 순조로운 편입니다. 하지만… 점점 어려워진다면 어떻게 될지 모르겠습니다."

"그에 대한 방도는 없습니까?"

"그 점에 대해선 신 그레이 말씀드리겠습니다."

"말씀하세요."

"아무리 지방 영지가 강한다 한들 수도만큼 강할 수 없습니다."

"그야 그렇죠."

"지방 영주들에게 혹시 모를 몬스터 침공을 대비해 가족들을 올려 보내는 것이 어떠냐고 떠보는 겁니다."

"귀족 보호 차원 겸 볼모를 잡자는 것이군요. 가능하겠습니까?"

"수도의 병사들이 굶주리게 되면 그땐 약탈이라도 감행할 수밖에 없음을 넌지시 알리면 지방 영주들도 이해할 겁니다."

루이 왕은 잠시 생각을 하다가 말했다.

"일단은 한 달분을 계속 유지할 수 있도록 힘쓰면서 지방 영주들에게 보호 차원에서 수도로 보낼 사람들이 있으면 보내라고 하세요. 그들도 플린의 왕국민 아닙니까. 실력을 보이는 건 그 후에 해도 늦지 않습니다."

"현명한 판단이십니다!"

"이 일도 즉각 시행하세요. 그리고 외성의 주민들을 언제든 소개해서 내성으로 데리고 올 수 있도록 미리미리 준비를 해 두세요."

"알겠습니다, 폐하."

루이는 어리지만 어질고 현명한 왕이었다.

"슈린 후작이 신호를 보냅니다."

"연결하게."

수정구를 연결하자 화면 회의실 정중앙에 떴다.

"…맙소사!"

화면을 보자마자 누군가가 탄식을 터뜨렸다.

화면엔 어마어마한 양의 몬스터가 어디론가 향해 뛰고 있는 모습이 보였다.

―현재 몬스터들이 향하고 있는 곳은 수도입니다.

"…마지노 영지는 어떻게 됐습니까?"

―완전히 파괴되었습니다, 폐하. 잠시만…….

'키에엑!' 하고 공중 몬스터가 공격하는 소리와 함께 화면이 이리저리 흔들렸다. 그리고 잠시 후에야 다시 똑바로 몬스터를 비추었다.

―죄송합니다. 공중 몬스터들 역시 많습니다. 게다가 일반적인 상식보다 훨씬 강합니다.

"어떻게 해야겠습니까, 후작. 성을 등지고 싸우는 게 낫겠소. 아님 먼저 타격을 입히는 게 낫겠소."

―마도사를 동원해 먼저 막아야 합니다. 일반 몬스터 때문에 보이진 않지만 드래곤 웜의 흔적이 있는 것으로 보아 외성은 뚫린 가능성이 높습니다.

"…첩첩산중이군요. 이렇게 많은 몬스터가 어디서 나타난 건지……."

―지금 이 속도라면 내일 아침이면 도착할 겁니다. 그 전에

최대한 수를 줄여놓아야 합니다.

"알았어요. 당장 복귀하세요."

―네, 폐하.

수정구의 연락이 끊기자마자 루이 왕은 바로 명령을 내렸다.

"외성 소개를 시작하세요. 저택은 일반 백성들에게 양보하고 경들과 가족은 성으로 들어오고요. 비어 있는 후궁들의 성과 외궁의 건물들을 이용하면 다소 불편하겠지만 쓸 수 있을 겁니다. 그리고 마지막으로 다섯 명의 마도사를 저지하는데 투입하도록 하겠습니다."

"폐하, 그럼 성엔 2명의 마도사밖에 없습니다."

"일단은 막는 게 우선입니다. 최소한의 경비 병력을 제외하곤 일단 쉬게 하세요. 내일이 우리 왕국의 최대 위기의 날이 될 수 있겠군요."

회의가 끝나자 루이 왕이 에리안을 불렀다.

"에리안 백작은 성에 남아요."

"아닙니다, 폐하."

"지금처럼 고집을 피울 것 같아 불렀습니다. 누구도 임신한 에리안 백작을 보낼 생각은 하지 않을 겁니다. 저 역시 마찬가지고요. 이건 명령입니다."

"…네, 폐하."

"다만 방어에는 조금 나서줘야겠어요. 쉬게 해야 하는데 미안합니다."

"별말씀을요."

"시종장에게 말해 편안한 방을 준비하라고 할 테니 이제 가서 쉬세요."

왕의 집무실에서 나오는 에리안은 기분이 착잡했다.

얼마 전까지 축복받았다고 생각한 임신인데 왕국이 무너질 상황에 이르자 거추장스러웠다.

'아우스, 널 원망하지 않게 해줘. 제발 얼른 돌아와! 제발!'

절망이 깊어가는 사람들과 상관없이 청명한 하늘을 보며 에리안은 중얼거렸다.

*　　　*　　　*

타칸, 슈린, 베트랭, 마탑주, 컬큰 이렇게 다섯 명이 몬스터의 이동을 막기 위해 출발했다.

"헬 게이트!"

"인페르노! 바람 마법을 펼쳐요, 베트랭 공작님!"

"토네이도!"

번쩍! 콰라라라라라~

달려오는 몬스터들의 한 부분이 사라지고 그 공간을 다시 메우는 몬스터를 불의 회오리가 집어삼켰다.

그 와중에 삼중첩 파이어 볼이 몬스터들의 중간중간에 떨어졌다.

몬스터의 살 타는 냄새가 하늘을 흐리게 만들 정도였고 피와 살의 비가 내렸다.

그럼에도 불구하고 몬스터는 끊임없이 밀려왔다.

드드드드드드!

강력한 마나의 기운 때문이었을까, 갑자기 땅이 흔들렸다.

"모두 공중으로 피해요! 드래곤 웜입니다."

슈린 후작의 경고에 사람들은 일제히 공중으로 날아올랐다.

푸콰! 카아아아아아아악!

흙이 마치 화산 폭발 하듯이 솟구쳤고 거대한 아가리가 하늘로 오르는 다섯 마도사를 집어삼키려 다가왔다.

"빌어먹을 놈! 악몽의 숲에서 마무리 짓지 못했던 승패를 오늘 짓자!"

타칸 후작은 거대한 검을 만들어 놈의 아가리에 처넣으려고 했다.

그때 슈린은 가볍게 핀잔을 줬다.

"몇 마리나 있을지 모르는데 힘 빼는 짓 말아요."

"검강으로도 겨우 작은 상처밖에 낼 수 없는 놈을 어쩌려고?"

"베이지 않으면 없애 버리면 되죠."

"그러니까 무슨 수로."

"우리 왕국 마법 물품 중 전쟁에 유용한 것이 있죠."

"아! 수탄과 포탄! 아까 가져왔던 박스들이."

"그래요. 에리안의 아이디어죠. 각자 한 박스씩 조종해서

놈의 몸통을 공격해요!"

그들 뒤쪽에 대충 던져놨던 박스들이 마도사들의 의지에 열리고 수탄과 포탄들이 공중에 떠올랐다. 그리고 드래곤 웜의 몸통으로 날아갔다.

워낙 큰 몸집을 가진 놈이고 다섯 마도사를 잡아먹으려고 한껏 몸이 나온 상태라 피할 수가 없었다.

파앗! 파앗! 파앗!

수탄과 포탄이 드래곤 웜의 몸에 닿자 움푹움푹 파이기 시작했다.

쿠에에에에에~

자신의 몸에 이상이 생긴 것을 안 드래곤 웜은 괴성을 질렀다. 그러나 잘 빠진(?) 몸은 이미 걸레 조각처럼 너덜너덜한 상태.

자신의 편인 몬스터들이 죽든 말든 개의치 않고 괴로움에 몸부림을 쳤다.

하지만 그것도 잠시. 곧 축 늘어져 움직이지 못했다.

"허어~ 저 괴물을 이렇게 손쉽게 처리할 줄이야."

타칸은 어이가 없다는 듯 중얼거렸다.

"멍하니 있을 시간 없어요!"

"거참, 귀먹겠네. 그만 좀 소리 질러라. 어떻게 넌 나이를 먹어갈수록 경망스러워지냐?"

"그럴 시간에 어서 몬스터가 없애요."

"걱정 마. 드래곤 웜 때문에 힘을 아꼈는데 이젠 아낄 필요가 없잖아. 이거 잘하면 막을 수 있겠는데. 안 그렇습니까, 스승님?"

"너야말로 설레발치지 말고 실력으로 보여주려무나, 클클클!"

"그러죠. 잘 보십시오."

새까맣게 밀려오는 몬스터들은 안중에도 없다는 듯 땅 아래로 내려간 타칸은 거대한 마나 검 두 개를 좌우 양쪽으로 만들었다.

그리고 좌에서 우로, 우에서 좌로 빠르게 베어갔다.

스각! 하는 소리가 들리는 듯한 착각이 들었다. 그리고 그 한 번의 칼질에 수백이 넘는 몬스터가 삼등분 되어 쓰러졌다.

"핫핫핫핫! 어떻습니까?"

"제법이구나. 그럼 나도 본격적으로 해야겠구나. 파이어 레인!"

드래곤 웜을 손쉽게 처리할 방법이 생기자 다른 몬스터들은 식은 스프 먹기보다 쉬웠다.

다섯 명의 마도사는 신이 나서 숫자를 줄여 나갔다.

한 명이 손을 휘두를 때마다 적게는 수십, 많게는 수백 개체씩 죽어나간다.

학살 수준.

그러나 마지노 영지 사람들을 먹어치웠을 몬스터에게 동정심을 가진 이들은 다섯 중엔 없었다.

"헉! 헉! 정말 끝이 없군."

신이 나게 베던 타칸이 치쳤는지 헉헉거리며 말했다.

"하아, 하아~ 그러게요. 잠깐 물러났다가 마나를 채우고 다시 막아야겠어요."

다른 사람들도 모두 마찬가지.

"저기 오는 오우거들만 잡고 뒤로 물러나서 쉴게요. 마나를 채우고… 가만……!"

말을 하던 슈린 후작은 뭔가 찝찝하면서도 묘한 느낌에 인상을 찌푸렸다. 그에 마탑주가 물었다.

"왜? 우리가 놓친 것이 있느냐?"

"마지노 영지의 흔적을 보면 드래곤 웜이 한 마리만 있을 리가 없는데 왜 나타나지 않는 거죠?"

"혹시 흔적을 잘못 본 거 아냐?"

"아니에요. 적어도 다섯 마리 이상이 움직였어요. 마지노 성 일대의 땅이 푹 꺼져 버릴 만큼 구멍이 많았거든요."

"그렇다면……!"

드래곤 웜이 반드시 자신들을 상대하고 지나갈 거라며 착각을 하고 있었다.

죽기 직전 울부짖던 드래곤 웜의 비명 소리는 '위험한 놈들이 있다!'는 신호였는지도 모른다.

다섯 마도사들이 그 사실을 눈치를 챘을 때, 슈린 후작의 품 안에 넣어둔 수정구가 반짝였다.

슈린은 자신이 예감이 틀리기를 바라며 마나를 불어넣었다.

긴급해 보이는 에리안의 얼굴.

―후작님! 지금 외성이 무너지고 있어요. 당장 돌아오셔야 겠어요!

수정구 너머로 외성이 무너지는 소리가 들리는 듯했다.

*   *   *

발칸 제국, 아니, 이젠 룬멜의 무역항인 하란.

상회가 모여 있는 외성의 광장 앞은 수많은 사람이 물건을 나르느라 굉장히 어수선했다.

제인상회 앞.

"밀은 이쪽 수레로! 쌀은 밀의 맞은편 수레로 잘 쌓아라! 서른 포대기를 실은 마차는 수를 확인 후에 텔레포트 탑으로 이동한다."

대부분 남자뿐인 곳에서 늘씬한 경갑 차림의 여성이 지시를 내리고 있었다.

그녀의 매서움을 아는 일꾼들은 잔뜩 긴장한 채로 창고에서 가져와 도정을 하고 가루로 만든 쌀과 밀가루를 수레에 실었다.

그녀의 이름은 루시.

아우스의 경고를 무시하지 않고 따른 덕분에 지론 남작가 사람들과 함께 발칸 시티의 참변에서 살아남을 수 있었다.

현재는 하란의 영주가 된 지론 백작의 제2기사단장직을 수행하고 있었다.

"몬스터와 싸우고 있는 각 영지에 보낼 것들이니 서둘러라!"

다행히 하란에는 몬스터 침공이 없었다. 그러나 그렇다고 해서 할 일이 없는 건 아니었다.

최대의 무역항답게 수많은 물자가 보관되어 있었는데 그것을 분배하는 역할을 하란이 맡게 되었다.

그중 가장 중요한 식량 자원을 모집하는 일이 루시의 일이다.

"몬스터와의 전쟁은 어떻게 되고 있는지 들은 바가 있습니까, 루시 경?"

옆에서 기록을 하던 제인상회의 총관이 물었다.

"다른 나라에 비해 대응이 신속해서 피해가 그리 크지 않다고 합니다."

"다행이군요."

"그렇다고 다행도 아닌 것이 앞으로 식량이 부족해질 거예요."

"아! 그래서 각 영지로 식량을 보내면서도 성에 식량을 비축하고 있는 것이군요."

"당장 식량이 부족해지면 저희라고 굶을 수는 없으니까요. 아무튼 동대륙도 몬스터 때문에 난리가 나서 식량이 부족하다니 큰일이에요."

"좀 더 허리띠를 졸라매야겠군요."

"아마 며칠 내로 그렇게 될 거예요."

얘기를 하면서도 일꾼들에게서 눈을 떼지 않았다.

"단장님! 단장님!"

그때 전령이 헐레벌떡 뛰어왔다.

"무슨 일이야?"

"당장 해안으로 가서야 할 것 같습니다!"

"무슨 일인데?"

"영지에 비상령이 떨어졌습니다! 해안 사람들을 대비시키고 방어 태세를 갖추라는 백작님의 명령이랍니다."

"알았다."

당장 해안가 쪽으로 달려가려던 루시는 문득 명령이 이상함을 느꼈다.

"몬스터가 바다에서 오는 것도 아닌데, 왜?"

"해양 몬스터가 육지로 올라오고 있답니다. 벌써 아래쪽 항구의 영지 두 곳이 당했다는 전갈입니다."

"해양 몬스터?"

루시가 바다에서 오랫동안 산 건 아니었기에 해양 몬스터에 대해선 잘 몰랐다.

"더 이상은 저도 잘 모릅니다. 내려가시면 제1기사단장님이 계시니 물어보십시오."

백작을 지켜야 할 제1기사단장까지 해안가에 있다면 상황이 심각하다는 얘기였다.

루시는 발 쪽으로 마나를 돌리며 빠르게 해안으로 내려갔다.

이미 소개령이 시행되고 있는지 해안 사람들이 식량과 귀중품을 들고 외성 쪽으로 오고 있었다.

"어서 오게, 루시 경."

기사들에게 지시를 내리고 있던 제1기사단장 로스 남작이 루시를 반겼다.

"일단 부단장에게 주민 소개를 명해뒀네."

"잘하셨습니다. 한데 상황이 심각한 모양입니다?"

"흐음~ 아주 심각해."

로스 남작은 자신이 알고 있는 내용을 루시에게 전달해 주었다.

내용은 간단했다. 해양 몬스터가 두 곳의 영지를 덮쳤는데 하루도 되지 않아 전멸당했다는 얘기였다.

"생존자의 말에 따르면 웬만한 건물보다 몇 배는 큰 자이언트 거북도 올라왔다더군."

"…대책은 있는 겁니까?"

"일단은 저것들을 이용할 생각이네."

한쪽에 엄청나게 쌓여 있는 나무 박스엔 '수탄'과 '포탄'이라고 적혀 있었다.

플린 왕국에서 긴급 공수한 거였다.

"플린 왕국에서 저것을 이용해 드래곤 웜을 손쉽게 제거했다더군."

"덩치 큰 몬스터에게 확실히 유리하겠군요. 제가 할 일은 무엇입니까?"

"주민 소개 후, 병사들을 이끌고 방책을 만들어주게."

"방책이 도움이 될까요?"

"없는 것보단 낫지 않겠나."

"그건 그렇죠. 당장 시행하겠습니다."

루시는 제2기사단에 합류해 주민 소개를 도왔다.

다행히 주민들 역시 몬스터가 언제든 올 수 있다고 생각해 긴장하고 있었는지 협조를 잘했다. 그 덕에 소개는 몇 시간이 지나지 않아 이루어졌다.

그러나 몬스터들은 방책을 만들 시간을 주지 않았다. 막 방책을 만들려 할 때 바다에서 사람만 한 게들이 나오기 시작했다.

"크레이지 크랩이다!"

창으로도 뚫을 수 없는 껍질을 가지고 있고, 사람은 순식간에 절단할 수 있는 큰 집게발을 가진 크레이지 크랩이 해변을 가득 채울 듯이 마구 쏟아져 나왔다.

또한 속도는 느리지만 어마어마하게 큰 몸집을 지닌 자이언트 거북도 수십 마리다.

"…허어~ 아예 새까맣군."

해변은 순식간에 해양 몬스터로 가득 찼다.

"방책도 없이 어떻게 막을꼬."

로스 남작은 기가 질리는 모양이었다.

성을 방패 삼아 막으면 모를까, 개활지에서는 사실상 불가능해 보였다.

하지만 절망도 잠시, 정신을 차린 로스 남작은 기사단과 병사들에게 명령했다.

"인의 장벽이라도 쌓는다! 최대한 막아보고 후퇴를 하든지 결정하겠다."

피할 때 피하더라도 최대한 그 수는 줄여놔야 했다.

"저, 저런! 놈들이 돌아서 갈 모양입니다."

현재 기사단과 병사들이 자리한 곳이 성으로 가장 빨리 가는 길목이다. 그래서 이곳만 제대로 막아도 괜찮겠다 싶었는데, 웬걸, 해안 마을의 판잣집을 사이로 들어가 버렸다.

저런 식으로 돌아가면 길목을 지키고 있을 이유가 없었다.

물론 일부는 그들을 향해 다가오고 있었다.

대다수 몬스터가 건물 사이로 들어가는 것을 지켜보던 루시가 중얼거렸다.

"…불태워야겠어요."

"응? 그게 무슨 말인가?"

"마을에 불을 지르도록 하죠, 남작님. 첫 번째는 저 안에 들어간 놈들을 죽일 수 있을 거고 두 번째는 놈들의 시선을 우리 쪽으로 향하게 할 수 있습니다."

로스 남작이 보기에도 상당히 좋은 생각이었다.

"오호! 그거 좋은 생각이군. 당장 시행하게!"

"제2기사단원들은 마을에 불을 지른다. 파이어 볼!"

"파이어 볼!"

기사단들은 그녀의 명령에 일제히 파이어 볼을 마을 곳곳에 날렸다.

대부분 얇은 목재 집이 많은 터라 불은 금방 붙었다. 거기에 바람 마법까지 펼치자 꽤 떨어져 있는데도 얼굴이 화끈거릴 정도로 매서운 불길이 치솟았다.

불길을 제대로 피하지 못한 크레이지 크랩들이 무수하게 죽어나갔다.

"하하하! 정말 절묘한 수였네, 루시 경."

힘을 별로 들이지 않고 큰 성과를 거두었다. 그러나 루시의 표정은 별로 좋지 않았다.

"전쟁은 이제부터 시작인 것 같습니다."

불길에 돌아갈 수 없게 되자 모든 해양 몬스터가 길목을 향해 빠르게 다가왔다.

"…그렇군. 병사들은 수탄과 포탄을 던질 준비를 하라! 한꺼번에 던지지 말고 첫 번째 줄이 던지고 난 후 잠시 후 두 번째 줄이 던지도록 한다. 기사들은 피해서 다가오는 몬스터를 제거할 수 있도록. 투척 준비!"

"투척 준비!"

몬스터의 수를 보고 겁에 질린 병사들은 공포심을 없애려는 듯 큰 소리로 복명복창했다.

"투척!"

수탄과 포탄이 하늘을 날며 싸움이 시작됐다.

＊　　　＊　　　＊

드래곤 월에 의해 성이 무너지고, 이어지는 몬스터 웨이브에 죽어나가는 인간들을 보는 아라의 눈엔 어떠한 동정심도 없었다.

"얼마나 죽은 거지?"

─전 세계 인구의 20분의 1이 죽었습니다.

"인간들이 모두 사라지려면 얼마나 걸릴 것 같아?"

─기습적인 공격에 많은 희생이 난 것입니다. 1년 안에는 50퍼센트 이상 줄겠지만 그 이상은 몬스터의 숫자 부족으로 힘들어보입니다.

"위성 무기로 돕는다면?"

─1년 안에 80퍼센트까진 가능할 겁니다.

"너무 빨리 죽으면 재미없지. 스스로 목숨을 끊을 만큼 절망적이게 만들어주겠어. 위성 무기는 일단 언제든지 쓸 수 있도록 대기만 해둬."

─알겠습니다.

"참! 마루의 본부는 어디에 있지?"

아라가 아직 찾지 못한 기억은 9명의 본부에 관한 것뿐이었다.

　―칸켈 F지역 21지구 지하에 있습니다.

　메인 컴퓨터는 지도를 띄워 정확한 위치를 보여줬다.

　―한데 무엇 때문인지 알 수 없으나 5년 전에 본부는 완전히 용암 속에 파묻혔고 제단 쪽만 남아 있는 상태입니다.

　"제단 쪽 컴퓨터와 연결을 할 수 있어?"

　―그쪽에서 연결을 허락하지 않는 한 불가능합니다. 로봇을 보내 데이터만 빼내올 수 있습니다.

　"내가 직접 가지. 이동시켜 줘."

　―이동합니다.

　메인 컴퓨터가 발사한 빛이 아라에게 적중했고 그녀는 바로 제단으로 들어가는 입구로 이동됐다.

　거대한 철문의 한쪽에 뚫린 구멍을 보곤 아라가 중얼거렸다.

　"낯설지 않는 걸 보니 내가 뚫었던 구멍인가 보네."

　그녀는 구멍을 통해 안으로 들어갔다.

　제단 내부는 엉망이었다. 여기저기 무너져 있어서 제대로 나아가는 것조차 힘들었다.

　물론 아라의 발걸음을 막을 순 없었다.

　가까이 다가가면 흙이 되어 바닥에 깔렸다.

　"아우스가 드나들었을 거라 생각했는데 이곳까진 찾지 못했나 보네."

하디드의 기억을 살펴보면 아우스는 분명 마루의 유적에 온 적이 있었다.

ID 카드를 찾으라고 했을 때 마루의 유적부터 찾지 않는 것을 수상쩍게 여긴 적이 있었다. 그러나 본부가 용암 속에 있고 제단이 이 지경인 걸 보면 이해가 된다.

"데이터를 보관한 곳은 어디지?"

아라의 옷에 달린 카메라로 제단을 보고 있던 메인 컴퓨터가 말했다.

─현재 서 있는 위치에서 20미터 정도 더 가서 왼쪽 벽에 있습니다.

아라가 20미터 정도 걸어가자 메인 컴퓨터가 다시 말했다.

─그곳에서 보이는 정면입니다.

아라는 벽 쪽으로 다가가 벽에 손가락을 갖다 댔다. 그러자 잠시 후 '치익!' 하는 소리와 함께 손가락이 벽을 녹이며 안으로 들어갔다.

그 상태에서 아라는 손가락으로 벽을 잘라갔다. 그리고 어른 두 명이 어깨를 나란히 하고 들어갈 정도로 널찍한 직사각형으로 자르고 나자 벽이 서서히 넘어졌다.

쿠웅!

벽 너머에는 온갖 기계장치들이 보였다.

"응? 최근에 어떤 충격을 받아 탄 것 같은데."

탄 냄새가 아직까지 남아 있었다.

―지각변동과 화산활동이 활발한 지역이라 그럴 수 있습니다.

"그런 것 같기도 하고⋯⋯. 자료를 찾을 수 있겠나?"

―연결을 해주시겠습니까?

아라는 입고 있는 옷에서 연결 커넥터를 빼내 드러난 기계 장치에 꽂았다.

10분 정도 지나자 메인 컴퓨터가 말했다.

―미르의 가장 최근 데이터가 1015년 전의 영상 자료입니다. 대기 모드로 있다가 변을 당해 파괴되지 않은 모양입니다.

"기계 따위에 아들의 이름을 붙이다니. 보여줘."

화면이 눈앞에 떠올랐다.

한 남자가 석상을 부수고 그 안에 있던 책과 원기둥 모양의 손바닥만 한 장치, 그리고 발칸 시티에 설치된 것과 같은 기종의 무기를 챙겨서 가는 것이 보였다.

"저자가 피트인가?"

문득 떠오르는 인물이 있었다.

―그렇습니다. 1000년 전 9서클 마도사였죠. 위성이 고장 나서 자료가 거의 없지만 10년마다 세계의 변화를 알아볼 때 몇 번 찍힌 적이 있습니다.

"저자가 들고 있는 거 DNA 보관 장치지?"

―맞습니다.

"누구의 유전자 정보가 들어 있는 거지?"

―잠시만 기다려 주십시오. 이전 데이터들도 일부 손상이 되어 조금 느립니다.

아라는 초조하게 기다렸다.

―강미르의 DNA가 보관되어 있었습니다.

"빌어먹을 마루! 없었다고 하더니 역시 거짓말이었어. 혹시 보관 장치를 추적할 수 있어?"

―추적 장치가 달리지 않아서 불가능합니다.

"피트에 대한 모든 정보를 보여줘. 아니다! 지금 샹카로 갈 테니 그자의 흔적이 있을 만한 곳을 뽑아놔."

아라는 즉시 샹카로 이동했다.

아라가 떠난 마루의 제단 구석의 방.

깔끔하던 그곳은 어마어마한 온도에 녹아내린 듯 괴기스럽게 바뀌어 있었다.

그리고 그 중앙에 아우스가 알몸인 상태로 공중에 떠 있었다. 그의 온몸은 태어난 지 얼마 되지 않은 아이처럼 빛이 났다.

휘익!

갑자기 그의 몸이 활처럼 휘었다.

뿌득! 뿌득! 하는 소리와 함께 피부가 터질 듯이 팽창했다 줄어들었다를 반복했고 온몸이 마치 인간이 아닌 양 뒤틀렸다. 신체 재구성을 하고 있는 중이었다.

내외가 합쳐진 다음 벌써 세 번째.

아우스는 아직 깨어날 기미가 보이지 않았다.

＊　　　　＊　　　　＊

크르르르릉!

일단의 이족형 몬스터 무리가 두리번거리며 폐허처럼 변해 버린 외성을 어슬렁거렸다.

먹을 것이 없어서일까. 신경질적으로 부서진 잔해를 발로 차는데 멀리서 '빵빵!' 경적을 울리며 마나차가 다가왔다.

"크라~ 크라락!"

먹이가 나타난 게 기뻤는지. 주변의 몬스터들은 일제히 그 마나차를 향해 뛰어갔다.

방금 전 어슬렁거리던 무리도 마찬가지로 다른 무리에게 빼앗길까 속도를 높이는데 마나차의 위에 달린 원통 모양의 길쭉한 장치에서 뭔가가 날아왔다.

맨 앞쪽에서 달려가던 몬스터는 그것이 무엇인지 단번에 알아차렸다.

터지는 순간 주변의 수많은 동료를 집어삼키는 인간들의 무기.

몬스터의 절대자라고 할 수 있는 드래곤 웜이 땅 위로 몸을 드러내지 못하게 만든 무기.

처음에 얼마나 많은 동료가 당했는지 모른다. 지금도 머리를 제대로 쓰지 못하는 멍청한 몬스터들은 수탄과 포탄에 죽어나갔다. 그러나 그와 그의 동료들은 아니다.

빠른 몸놀림으로 피해 버리면 아무런 피해를 입지 않는다는 걸 잘 알았다.

"크라!"

방금 외친 몬스터의 말을 번역하면 '피해!'라는 말이었을 것이다. 한데 수탄임을 확인하자마자 외쳤는데도 어느새 포탄이 눈앞에 있었다.

지금까지 인간들이 던지는 속도와 비교가 되지 않을 만큼 빨랐다.

놀람에 커다래진 몬스터의 눈에 포탄이 터지는 게 보였고, 그것이 몬스터가 본 마지막 장면이었다.

마나차는 순식간에 일대의 몬스터들을 정리하곤 나타났을 때와 마찬가지로 사라졌다.

한편 절반쯤 무너진 도우 마탑의 건물에 앉아 그 모습을 처음부터 끝까지 지켜보는 이가 있었다.

"빠른 차량과 빠르게 발사 가능 한 아공간 탄을 이용한 게릴라전인가?"

중얼거린 이는 아라였다.

그녀는 현재 피트의 흔적을 찾아다니고 있었다.

악몽의 숲은 물론이고 그녀의 주검이 남아 있는 얼음 성 등을 돌며 피트, 정확하게는 미르의 DNA가 담긴 보관 장치의 행방을 찾고 있었다.

그러면서 바라본 인간들의 모습은 절망하고 있는 것이 아니라 몬스터와의 전쟁에 빠르게 적응하고 있다는 느낌이 들었다.

특히 마법 용품들이 속속 무기로 바뀌면서 점점 몬스터가 밀리고 있었다.

"…좋지 않아."

메인 컴퓨터가 아무래도 이 행성의 발전을 오판하고 있었는지 모른다.

방금 단숨에 백여 마리의 몬스터를 제거한 이들은 마법사가 아닌 그저 평범한 인간 세 명이었다.

마법 용품만 있으면 웬만한 몬스터는 이제 일반인도 제거를 할 수 있다는 점은 공멸하길 바라는 아라의 입장에서 비보나 다름없었다.

"C1의 사용을 앞당겨야겠네."

─파악이 끝났습니다. 현재 도우 마탑의 인물들은 왕성에 머물고 있습니다.

"그래? 마탑주 옆으로 보내줘."

─알겠습니다.

하늘에서 빛이 내려와 그녀를 감쌌고 즉시 그 자리에서 사라졌다.

계속되는 몬스터와의 전쟁으로 지쳐 잠들어 있던 도우 마탑주 론은 인기척에 눈을 떴다.

그를 빤히 바라보고 있는 여자가 보였다. 아니, 보인다기보단 느껴진다는 것이 맞을 것이다. 명확하게 얼굴이 보이지 않고 형태만 느껴진다고 할까.

자신의 이목을 속이고 왔다는 것만으로 이미 자신이 상대할 사람이 아니라는 걸 알게 된 론의 목소리는 침착했다.

"누구십니까?"

"눈치가 빠른 늙은이네. 피트의 물건을 보고 싶다."

모른다고 잡아떼 볼까 하다가 이미 알고 온 듯한 느낌이다.

"최근 피트 님의 물건이 인기가 좋군요. 이쪽으로 오십시오."

여자에게는 사람을 복종하게 만드는 힘이 있었다. 그래서 절로 높임말을 쓰게 됐다.

론은 마탑이 무너지기 전에 챙겨온 피트의 물건들을 그녀에게 보여줬다.

"이게 다야?"

"우리 마탑이 가진 건 이것뿐입니다."

"다른 곳에 더 있다는 말처럼 들리네."

"과거 마탑이 둘로 나뉘면서 절반은 지미가 챙겨서 가져갔습니다. 그들이 어디 있는지는 모릅니다."

"알았으니까. 나가봐. 쓸데없는 짓 말고."

론은 두말하지 않고 유물이 보관된 방에서 나갔다. 물론 그녀의 정체를 대략 짐작하고 있기에 쓸데없는 짓은 하지 않을 생각이다.

론이 나가길 기다린 아라는 그가 나가자마자 한쪽에 있는 원통형의 보관 장치를 잡았다.

"찾았다!"

기뻐하기도 잠시, 곧 실망스럽게 바뀌었다. 안에는 아무것도 없었기 때문이다.

혹시나 싶은 마음에 꼼꼼히 살펴봤지만 안에 있던 물건이 비어 있다는 걸 다시 한 번 확인했을 뿐이다.

탱그랑! 텅텅터……

아라는 보관 장치를 한쪽 벽에 던져 버렸다.

"빌어먹을 놈이 쓸모없는 것이라 생각하고 버린 건 아니겠지?"

눈앞에까지 왔던 희망이 사라지자 남는 건 분노뿐이었다.

퍼억!

아라는 한쪽에 쌓여 있는 책을 발로 걷어찼다. 보존 마법이 걸려 있어서인지 찢어져 흩날리진 않았지만 책이 펼쳐져 나뒹굴었다.

"…한글?"

책에 적힌 한글을 보곤 책을 집어 들어 샅샅이 훑어보았다.

"이 미친놈! 감히 미르의 유전자를 이용해 기생체 따위를 만들다니⋯⋯!"

단번에 박박 찢어버리고 싶었다. 하지만 차원 이동에 관련된 글을 보고 흥미가 돋았다.

"송미나가 죽고 지구로 갈 생각을 했을 줄이야⋯⋯. 가만! 송미나가 죽고 얼마 지나지 않아 나타나 위기의 한국을 구해 준 이가 설마?!"

한국을 지우려는 일본과 중국의 핵융합 폭탄 공격을 막아 낸 송미나. 그리고 얼마 지나지 않아 일본과 중국을 지도에서 지워 버린 인물.

한국을 지구 연합의 상좌에 앉히게 만든 사람.

그의 업적은 남아 있지만 그와 관련된 정보는 남아 있는 것이 없었다.

"메인 컴퓨터, 이 자료를 분석해서 진위 여부를 확인해야겠다. 어쩌면 지구로 돌아갈 방법이 있을지도."

─알겠습니다. 책과 물건들을 이곳 샹카로 이동시키겠습니다.

"나도 이동하겠다."

아라와 방에 있던 피트의 물건은 샹카로 이동했고 론은 한참 후에야 그 사실을 알게 됐다.

　　　　*　　　　*　　　　*

　피트의 물건을 가지고 샹카로 이동한 아라는 메인 컴퓨터
가 차원 이동에 대해 연구를 하는 동안 인간과 몬스터의 싸
움을 구경했다.

　다른 대륙의 경우는 몬스터와 인간이 치열하고 싸우고 있
는 것에 반해, 서대륙의 경우 이미 인간의 승리로 기울었다
할 만큼 일방적으로 몬스터가 밀렸다.

　특히 눈여겨볼 것은 바다의 거대 몬스터를 상대할 수 있는
배의 출현이다.

　마나 엔진을 얹고 수탄과 포탄으로 무장한 배들이 하나둘
씩 출현하면서 서대륙에 접한 바다의 거대 몬스터들이 씨가
말라가고 있었다.

　"그대로 두면 곧 모든 대륙으로 퍼져 나가겠군."

　아라가 행한 일이 오히려 마법 과학을 촉발하고 타 대륙에
로의 해로를 여는 계기가 된 것이다.

　물론 그대로 지켜만 보고 있을 마음은 없었다.

　C1 무기를 작동시킬까 하는데 메인 컴퓨터가 말했다.

　─책에 나와 있는 피트의 차원 이동 이론을 분석한 결과,
충분히 가능하다는 결론이 나왔습니다.

　"정말?"

　─네, 그렇습니다. 실제 마법진을 만들고 테스트해 봐야 하

지만 필요한 에너지의 양이 너무 많습니다.

"그야 천천히 해결하면 되겠지. 기생체에 대해 분석한 것은 어찌 됐어?"

ㅡ글에 따르면 피트는 두 종류의 기생체를 만들어냈습니다.

"두 종류?"

ㅡ예. 미르의 유전자를 이용한 방식과 유전자를 사용하지 않은 방식입니다. 전자는 발칸 제국의 여아의 몸에, 후자는 발칸 제국과 뮤트 제국의 남자들에게 주입한 것으로 되어 있습니다.

"발칸 제국의 여아 중 살아남은 자는?"

ㅡ현재 룬멜 왕국의 왕비가 발칸의 황녀였습니다.

"DNA를 가져와야겠네."

ㅡ2세를 있으니 아이의 DNA도 가지고 오시면 더 정확하게 분석이 가능할 겁니다.

메인 컴퓨터가 위성을 통해 보여주는 영상ㅡ미헬라가 아이를 품에 앉고 있는 모습ㅡ을 물끄러미 바라보던 아라는 금세 정신을 차리고 말했다.

"주사기를 준비해 줘."

주사기를 챙긴 아라는 룬멜의 성에 있는 미헬라를 찾아갔다.

아이를 품에 안고 잠을 재우고 있던 미헬라는 갑자기 이상한 사람이 나타자자자 깜짝 놀랐다. 그에 기사를 부르려고 했다. 그러나 기사들은 아무것도 하지 못한 채 바닥으로 픽픽 꼬꾸라져 버렸다.

"…누구십니까?"

"그건 알 것 없고, 필요한 것과 물어볼 것이 있다. 걱정 마. 죽이려는 건 아니니까."

미헬라는 테이블의 마법 버튼을 눌러 더 많은 기사단을 부를까 했지만 와봐야 눈앞의 사람을 상대할 수 있을 것 같지 않았다.

"무엇이 필요하고 무엇을 알고 싶으십니까?"

"너와 네 아이의 피."

"네?"

"가만히 있어라. 금세 끝난다."

두 개의 이상한 물건이 날아와 그녀의 팔과 아이의 팔에 꽂혔다. 그리고 붉은 피를 뽑아낸다.

워낙 순식간의 일이라 뭐 하는 짓이냐고 소리를 치기 전에 주사기는 아라의 손에 들려졌다.

"필요한 건 이거면 돼."

눈앞의 여자가 왜 피가 필요한지 몰랐지만 따질 형편은 아니었다.

"이제 몇 가지 물어볼 거야. 혹시나 허튼 생각 말고 말해주길 바라. 피는 이 정도면 충분하거든."

가볍게 말했지만 가볍지 않은 협박.

"…말하세요."

"네 몸에 기생체가 있지?"

미헬라는 의외의 질문에 잠시 말을 못 했지만 곧 대답을 했다.

"…있었지만 이젠 제거가 되어 없습니다."

"좀 더 자세하게 설명해."

황실 여아에 대대로 내려오던 기생체에 대한 것과 그를 아우스가 제거해 줬다는 걸 말했다.

"그리고 아우스도 저와 같은 종류의 기생체를 가지고 있었습니다."

"그가 기생체를 가지고 있었다고?"

"네. 우연찮게 얻었나 보더라고요."

재앙으로부터 인류를 구하게 될 것이라는 얘기는 굳이 하지 않았다.

"그럼 아우스가 둘 다 가지고 있다는 말이군. 혹시 아우스의 행방에 대해 아나?"

"글쎄요. 저도 본 지가 오래되어서 소식으로만 알고 있어요."

"알았다. 혹시 필요한 것이 있으면 또 오겠다."

아라는 상카로 돌아와 메인 컴퓨터에게 피를 넘겼다. 딱히 기대감은 없었다.

'미르의 DNA가 남아 있다면 그것 아우스의 몸속일 것이다.'

아라는 아우스에게 느껴지던 친밀감의 정체를 이제야 조금 알 것 같았다.

"아우스의 행방은 아직이야?"

—예. 위성이 가진 카메라의 절반을 사용하고 있지만 어디에서도 발견할 수 없습니다. 땅 아래쪽에 있거나 죽었을 가능성도……

"죽지 않았어. 그건 나도 알아."

—알겠습니다. 찾게 되면 바로 말씀드리겠습니다.

"언제까지 기다리고 있을 수만은 없지. 숨어 있는 거라면 나타날 상황만 만들어주면 돼."

—상황이라면?

"C1을 발사해야겠다."

—언제든 가능합니다. 타깃을 정해주십시오.

"뮤트 제국의 영지 중 하나가 좋겠는데……. 경고의 의미면 라이스 자작가가 좋겠어."

—지금 바로 시행하겠습니다. 한데 과연 나타날까요?

"계속 없애다 보면 결국 나오겠지. 오랜만의 C1의 위력을 구경해 볼까."

아라는 빙긋 웃으며 자리에 앉았다.

—목표 설정 완료. 3, 2, 1 발사!

위성에서 발사된 새하얀 빛이 라이스 자작 영지의 영주 성 바로 위에 떨어졌다.

정신을 잃은 아우스는 행복한 시간을 보내고 있었다. 뭔가를 해서 행복한 건 아니었다. 그냥 하얀 빛 속을 떠다니고 있을 뿐인데 그냥 행복했다.

영원히 머문다고 해도 좋을 것 같았다. 그러니 깨어나려는 의지 역시 없었다.

그렇게 하루하루를 행복감 속에서 사는데 뭔가 번쩍하면서 순간적으로 행복감이 깨졌다.

생각지도 못하고 있는데 누군가가 바늘로 푹 찌르는 느낌이랄까.

왜 갑자기 그러는지 이유는 알 수 없었다.

방금 전의 느낌 따윈 잊어버리라는 듯 행복감이 다시 몸과 마음을 감쌌지만 섬뜩한 여운이 그 행복감을 거부했다.

그리고 그 여운에 현실을 인지했다.

'얼마나 꿈속을 헤매고 있었던 거지? 일어나야겠어.'

일어나야지, 하고 생각하는 순간 아우스는 눈을 떴다.

72장
종(終)

번쩍! 쿠웅!

한 줄기 빛이 내려와 땅에 부딪히며 약간의 울림을 만들어 냈다.

밭을 갈던 농부가 담담하게 '뭐지?'라고 할 정도로 별것 아니었다. 그러나 결과는 누구도 예상하지 못할 만큼 엄청났다.

사람도, 동물도, 성벽과 거대한 영지의 성마저도 빛이 만들어낸 충격에 휩쓸리자마자 먼지가 되어버렸다.

불과 20초 전까지 수만 명이 살아가던 라이스 자작 영지가 사라져 버렸다.

라이스 자작가를 향하던 어느 상단이 그 모습을 직접 목격

했음에도 설명할 수 없는 현상.

라이스 자작가가 사라지고 정확히 사흘 뒤, 이번엔 플린 왕국과 에스란 왕국을 막고 있는 발칸 산맥 지류의 일부가 평지로 변해 버렸다.

그 현상은 정확히 사흘마다 계속됐다.

여섯 개의 도시가 사라졌고 두 개의 평지가 생겨났다. 사람들은 이제 몬스터보다 하늘에서 내려오는 빛을 더 무서워했다.

혹자는 발칸 시티의 500만 명을 죽인 것에 대한 신벌이라고 말했고, 또 다른 혹자는 아라교의 신자들이 타 신전을 너무 무시해 생긴 일이라고 떠들어댔지만 그렇다고 하늘에서 내려오는 빛을 막을 수는 없었다.

"언제까지 숨어 있을 거냐, 아우스?"

아라는 또 하나의 도시가 사라지는 걸 보며 중얼거렸다.

이미 열 번이나 사용했지만 아우스의 흔적은 여전히 보이지 않았다.

"수도를 날려야 나타날 모양이네. 다음 타깃은 플린 시티다."

아우스가 마음에 든다고 하지만 모든 생명체를 말살시키겠다는 계획은 변함이 없었다.

─알겠습니다, 아라 님. 좌표를 설정해 두겠습니다.

"과연 네 가족이 죽는다고 해도 숨어 있을지 두고 보자구나, 아우스."

아라는 광기로 가득한 목소리로 중얼거렸다.

"수도에 떨어지면 안 되는데, 후우~"

에리안은 내성 성벽 위에서 하늘을 보며 한숨을 내쉬었다.

사흘마다 한 번씩 떨어지는 빛 때문에 하염없이 하늘만 바라보는 사람들이 늘었다.

지금도 마찬가지. 성벽에 있는 이들은 전방보다는 대부분 하늘을 보고 있었다. 특히 오늘은 유독 하늘을 보는 이가 많았는데 바로 오늘이 그 사흘째였기 때문이다.

"너무 걱정 마십시오, 에리안 백작님."

편안한 얼굴을 한 기사가 에리안을 보며 말했다.

"두리안 경은 믿는 바가 있나 보군요."

"하하! 물론이죠. 제가 믿는 바호 신께서 어젯밤 제 꿈에 나타나 수도는 무사할 것이라 말했습니다."

그녀가 믿는 신이 아님에도 왠지 그의 말을 들으니 조금 안심이 됐다.

"그랬나요? 다행이네요."

"믿으셔도 됩니다. 바호 신께선 예언의 신이시거든요. 일기를 예보하고 길흉화복도 기가 막히게 맞히십니다."

딱히 듣고 싶은 말은 아니었지만 말을 하지 않으면 하늘만 보고 있을 게 빤했기에 잠자코 두리안의 말을 들었다.

성벽 근무를 하면서 알게 된 사람으로 항상 과묵하게 있어서 조용한 줄 알았는데 이렇게 말이 많을 줄은 몰랐다.

'이 사람도 두려워하고 있군.'

얘기를 듣다 보니 그 역시 두려워하고 있음을 알 수 있었다. 그에 피식 웃음이 나왔다.

"하하하! 저 하늘을 보십시오. 어디에 빛이… 어? 방금 빛이……."

에리안은 뭔가 잘못되었음을 깨닫고 얼른 하늘을 보며 눈에 마나를 집중시켰다.

"…맙소사!"

빛줄기가 빠르게 내려오고 있었다.

'젠느 언니 말을 들을걸.'

아침에 연락이 와서 아무래도 불안하다고, 얼른 트론벤 마을로 오라는 얘기를 들었었다. 하지만 어린 왕을 버리고 가는 것이 마음에 걸려서 거절을 했는데…….

'아이야, 미안하구나. 네 얼굴도 보지 못하고 가는 것이 가장 아쉽구나. 아우스, 당신을 원망하지 않아요. 부디 무사하길…….'

에리안은 배를 감싸며 눈을 감았다.

"……."

근데 빛이 도달할 시간이 지났을 텐데 아무런 이상 징후가 나타나지 않았다.

그리고 들리는 목소리.

"에리안, 늦어서 미안."

아우스의 목소리였다. 눈을 뜨니 꽤나 화려하고 독특한 의상을 입은 아우스가 앞에 서 있었다.

*　　　　*　　　　*

잠에서 깨어났다. 방은 어마어마한 열기에 녹은 듯 엉망이고 자신은 알몸이었다.

"미르, 어떻게 된 거지?"

—…….

묵묵부답.

"망가진 거냐?"

생각해 보니 마지막 순간에 무슨 경고 같은 걸 한 것 같기도 하다.

미르가 망가졌다니 살짝 아쉽긴 했다. 한데 그뿐이다. 딱히 오랜 시간을 같이한 사이가 아니지 않은가.

일단 옷이나 입자는 생각으로 죽음의 대지 영지 성으로 이동했다.

그르르릉!

하나 기다리는 건 이를 드러내고 으르렁거리는 몬스터 무리였다.

여기저기 핏자국이 있는 걸 보니 당한 모양이다.

"깨어나자마자 반겨주는 건 좋은데, 옷이나 일단 입게 꺼져!"

음식(?)이 껍질까지 벗고 있으니 옳다구나 하고 달려들던 몬스터들은 이마에 작은 구멍이 퐁퐁 뚫리며 바닥에 쓰러졌다.

몬스터를 제거하고 옷장을 뒤졌다. 죄다 화려하고 이상한 옷들뿐이다.

"취향하곤……."

투덜거리면서도 일단은 가려야 했기에 가장 덜 화려한 옷을 입었다.

옷을 입고 나자 그제야 주변의 기운들이 느껴졌다.

"죄다 몬스터뿐이네."

감각을 더 멀리까지 확장했다. 그리고 난 잠을 자는 동안 세상에 변고가 생겼음을 알 수 있었다.

"…아라가 기억을 찾은 모양이군."

자신들끼리 잡아먹는 몬스터들이 오로지 인간만 공격한다는 게 몹시 부자연스러웠다.

"게다가 저건 또 뭐고."

하늘을 바라보니 거대한 기계가 떠 있었다. 자고 일어났더니 눈이 엄청 좋아졌는지 마치 옆에서 지켜보는 것처럼 또렷하게 보였다.

그 기계의 아랫부분이 서서히 열리며 포처럼 생긴 장치가 밖으로 나왔다. 왠지 기분이 나쁘다.

"플린 시티를 가리키는 건가? 에리안이 위험하군."

장치에 빛이 모이는 걸 보고 바로 플린 시티의 하늘로 이동했다. 그 순간 빛이 아래로 내려오고 있었다.

마나의 힘과는 다른 에너지. 전이라면 막을 수 없었을 것이다. 그러나 이젠 다르다.

종류가 다르다고 해도 결국 에너지의 근원은 마나라는 걸 알게 됐고 어떻게 쓰는지도 알게 됐다.

그대로 반사시켜서 빛을 발사시킨 하늘의 기계로 돌려보냈다.

쿠앙!

기계는 자신이 발한 빛을 맞고 절반쯤 망가져 버렸다.

에리안을 공격한 걸 생각하면 부숴 버려야겠지만 일단은 작동 불능으로 만든 것으로 만족하고 에리안에게 내려갔다.

그녀는 배를 꼭 감싼 채 앉아 있었다.

"에리안, 늦어서 미안."

"…아우스?!"

그녀는 살았다는 기쁨과 왜 이제야 나타났느냐는 원망이 섞인 눈으로 바라봤다.

"왜 이제야 온 거야?"

"마법을 수련하다가 깨달음을 얻었어. 그 때문에 잠들어 있다가 조금 전에야 눈을 떴어."

"…결국 자다가 늦었다는 소리잖아!"

"음, 말이 그렇게 되나?"

꿈속이 너무 행복해서 깨지 않았다고 말하면 아마 이혼하자고 하겠지.

이럴 땐 괜스레 변명을 하느니 깔끔하게 사과를 하는 게 나았다.

막 사과하려는데 아라의 의지가 뇌로 들어왔다.

[이제야 나타났네.]

[잠깐만 기다려요. 바로 갈 테니.]

[훗! 도망갈 생각 마. 네 가족들이 어디에 있는지 다 알고 있으니까.]

[안 가요.]

일단 아라와의 대화를 끊은 후 에리안에게 말했다.

"여기서 이러지 말고 젠느와 함께 있어. 난 잠깐 일 좀 보고 올게."

"폐하를 두고 갈 수 없어."

"몬스터 때문이라면 걱정 마. 내가 다 정리할게. 왜, 못 믿겠어?"

"아니, 믿어. 다만……."

"이번엔 잠들지 않을게. 아마 그리 오래 걸리진 않을 거야."

"얼마나?"

"넉넉잡고 사흘쯤."

"약속 지켜, 아이를 위해서라도. 그리고 일이 완전히 해결될 때까진 여기 있을래. 네가 몬스터를 처리하고 가면 여기도 어차피 위험할 게 없잖아."

만의 하나, 혹시 일어날 최악의 상황을 고려해 아라가 찾을 수 없게 해놓고 가려 했다. 한데 그녀의 고집을 어떻게 꺾겠는가.

"알았어."

수도의 근처에 있는 몬스터 기운을 감지했다. 그 다음 손을 하늘로 올렸다.

푸왁! 폭죽이 터지듯이 손에서 나간 기운은 수많은 갈래로 갈려서 일대로 퍼져 나갔다. 그리고 속속 몬스터를 죽이기 시작했다.

작은 벌레 몬스터부터 땅속 깊은 곳에 있는 드래곤 웜까지 발칸 시티의 주민들이 당했던 것처럼 몬스터들은 내가 쏜 빛에 죽어나갔다.

"다 됐어. 다른 영지와 접하는 곳까지 모두 제거했어."

"…방금 그게 끝이야?"

"보기에 쉬워 보이지, 무지 고난이도의 마법이야."

"그런 마법을 쓰면서 당하지 마."

"그래. 갔다 올게."

작별 인사는 짧을수록 좋다고, 바로 아라가 있는 곳으로 이동했다.

"결계가 쳐져 있는 이곳으로 바로 올 줄은 꿈에도 생각 못 했는데."

표정을 보니 내가 갑자기 나타나서 놀란 것 같다.

"대단한 결계도 아닌데요, 뭘."

"위성을 망가뜨렸을 때 혹시나 싶었는데 그동안 무슨 깨달음이라도 얻은 모양이네?"

"가장 근원적인 에너지는 마나라는 작은 깨달음 하나를 얻었죠."

"그 작은 깨달음으로 결계를 통과할 수 있게 되다니 꽤 부러운데."

"할 줄 알면서 엄살은. 근데 한 가지 물어보죠."

"얼마든지. 대신 너도 내 일에 잠깐 협조해 줘야겠어."

"그러죠. 몬스터는 아라 님이 하신 겁니까?"

"맞아. 인간과 달리 유사 인종과 몬스터는 우리 명령에 절대적으로 복종하게 프로그램되어 있거든."

"그 얘긴 처음 듣는군요."

"그들이 인간을 통제하기 위해 만들어졌다는 얘기도 모르겠네?"

난 고개를 끄덕이는 걸로 대답을 대신했다.

"절대적으로 복종하게 프로그램시켰더니 문제가 발생했어. 창의적인 생각을 하지 못하고 시켜야만 일을 하더라. 그래서 마법적인 제한만 해놓고 인간 노예들을 만들었지."

"이해했습니다. 그리고 또 한 가지, 그들에게 인간을 멸하라고 명령을 내린 것이 당신입니까?"

"맞아."

"혹시… 기억을 찾은 겁니까?"

"오호! 방금 그 말은 내가 생명체를 말살하려 했다는 걸 알고 있었다는 소리네?"

"유적지에서 우연찮게 알게 됐죠."

"그럼 이유도 알고 있겠네?"

"미르라는 아이 때문이라는 거 알고 있습니다. 그러나 그건 마루의 나섰기에 가능했던 일입니다."

"알아. 당시엔 미르를 죽일 만큼 강한 인간은 존재하지 않던 때니까."

"알면 마루만 죽였으면 되는 거 아닙니까? 굳이 인간을 죽일 이유가……."

"인간들은 드래곤 슬레이어라는 얘기를 만들어내 미르의 주검을 희화화했거든. 감히 버러지들이 나의 소중한 아이를 욕되게 했어."

'광기에 휩싸였군.'

제정신을 차리면 좋을 텐데 그럴 기미가 보이지 않았다.

"궁금한 점에 대해선 충분히 들었습니다. 제가 협조할 일이 무엇입니다?"

"네 피가 필요해."

"전부가 필요한 건 아닐 테고. 일부라면 드리죠. 다만 이쯤 해서 끝내시죠. 지금 몸으로 새로운 아이를 가지면 되지 않겠습니까?"

"난 미르가 아니면 안 돼."

"아라 님이 만든 아이도 지구의 미르가 아닙니다."

"아니! 그 아인 미르야! 내가 이 행성에서 가지게 된 내 아이라고!"

"…결국 모든 생명체를 죽이겠다는 말이군요."

"그래! 그게 내가 다시 깨어난 이유니까."

광기 어린 말투에서 협상의 여지가 없음을 알았다.

난 손가락으로 손바닥을 살짝 그었다.

주룩 흐르는 피. 그러나 그 피는 바닥으로 떨어지지 않고 공중에서 주먹만 하게 뭉쳐졌다.

"이 정도면 됐습니까?"

"충분해."

"자, 그럼 서로간의 볼일은 간단히 마친 것 같으니 본론으로 들어가죠."

"본론?"

"네. 당신이 인간을 죽이겠다고 말했으니 난 내 가족을 위해서라도 막아야겠습니다."

"…두 번 다시 덤비면 설령 너라고 해도 죽인다고 말했을 텐데."

"각오는 이미 됐어."

"훗! 그럼 실력이 얼마나 늘었는지 보자!"

아라는 씨익 웃으며 강한 살기를 내뿜었다.

막 싸우려는데 미르와 같은 기계음 소리가 들렸다.

—아라 님, 밖에서 싸우시는 게 좋을 것 같습니다. 현재 두 사람에게서 나오는 에너지가 부딪히면 함선이 버틸 수가 없습니다.

"에너지 방어막이 있잖아."

—에너지가 부족합니다. 인공위성까지 망가진 상태에서 함선 내부가 망가지면 고칠 수 없을지도 모릅니다.

내가 얼마나 강해졌는지 모르는 상황. 아라와 붙으면 샹카가 무너질 수 있겠다 싶었다.

그래서 나섰다.

"샹카를 망가뜨리고 싶은 생각은 없어. 그냥 편하게 바다 위에서 싸우자."

"…그 전에 널 제압하면 돼."

"그럼 그러든가. 나야 고대 유물에 불과한 함선인지 컴퓨터인지는 필요 없으니까. 아! 싸우면서 DNA 보관소도 박살 내놓아야겠네. 그래야 모든 생명체를 죽이고 영생을 이 행성에서 혼자 지내지."

으득!

"감히……!"

—아라 님!

"알았어! …네가 먼저 이동해."

난 주변에 아무것도 없는 바다로 이동했다. 그리고 잠시 후에 아라가 이동해 왔다.

무서울 만큼 새파란 바다를 아래에 두고 마주하자마자 아라는 공격을 시작했다.

내 뒤에서 나타난 아라는 단숨에 제압하겠다는 듯이 손가락이 아닌 수도를 찔러 왔다.

"꼬리잡기의 비밀은 예전에 알게 됐어."

슥 앞으로 나아가며 그녀의 뒤를 잡고 싶다는 생각을 했다.

나의 의지와 아라의 의지가 상충하자 어느 쪽도 작동하지 않았다.

"···제법이군. 그럼 장난은 그만두고 진짜 실력을 보여주지."

아라의 의지가 몸을 움직이지 못하게 움켜잡았다. 그리고 새하얀 마나의 채찍이 날아왔다.

"웃차!"

몸에 힘을 줘서 그녀의 의지를 털어내고 채찍을 피했다. 그러나 채찍은 살아 있는 듯 꿈틀거리며 다시 공격해 왔다.

한데 이번엔 두 개였다. 다시 피하자 네 개로, 여덟 개로, 열여섯 개로 늘어났다.

치직! 치직!

정말 빛처럼 빠르게 움직이고 있는데 아라의 채찍도 그 속도로 움직이니 완벽히 피할 수가 없었다.

여기저기 상처가 생겼는데 그녀만의 독특한 방법인지 리커버리를 사용해도 제대로 낫지 않았다.

채찍을 피해 아래로 내려갔다가 위로 솟구치며 그녀에게 접근해 갔다.

"내 속옷이라도 보려는 거야?"

공격이 먹혀든다고 생각하는지 농담을 했다.

"치마라도 입고 그런 말을 하든가."

콰쾅!

그녀에게 손을 뻗기도 전에 또다시 배로 늘어난 채찍이 앞을 막음과 동시에 나를 때렸다.

풍덩!

바다에 빠졌다. 한데 아라의 공격은 멈추지 않고 계속됐다.

깨어나자마자 플린 왕국을 구하고 바로 아라와 싸우게 되어버렸기 때문에 내외 마법이 합쳐지면서 내 몸이 어떻게 바뀌었는지 정확히 알 수 없었다.

그저 뭐든 할 수 있을 것 같다는 정도. 그런데 아이러니하게 아라에게 당하면서 하나씩 알게 되었다.

'디스펠!'

아라와 나 사이의 공간에 디스펠을 걸었다.

마나가 원상태로 돌아가며 마나의 채찍이 사라졌다. 그리고 그 순간, 바로 원상태로 바뀐 공간의 마나를 헬레이저라는 8서클 마법으로 바뀌었다.

퍼억!

갑작스러웠는지 아라는 헬레이저를 피하지 못하고 하늘로 훌훌 날았다. 나는 바로 그녀의 앞쪽으로 이동했다. 그리고 두 손에 수강을 두르고 그녀의 배를 내려쳤다.

'퍼억' 대신에 마치 강철을 내려친 것처럼 '터엉!' 하는 소리가 들렸다. 그리고 사각지대로 다가온 그녀의 무릎이 내 관자놀이를 때렸다.

눈앞이 번쩍하는 순간 그녀의 새하얀 손이 목을 잡았다.

"크윽!"

"…내 몸에 상처를 입히다니, 예전보다 나아졌다는 건 확실하게 인정해 줄게. 하지만 그뿐이야. 목을 부러뜨려 주지."

어느새 마나 채찍이 몸을 감싸고 있어 움쩍달싹할 수가 없었다. 그리고 그것을 없애기도 전에 무지막지한 힘이 목을 짓눌러 왔다.

하지만 점점 꺾여가던 목이 어느 순간 멈췄다. 아라는 힘을 더 강하게 줬지만 소용없었다.

"그러긴 힘들 것 같아, 아라. 네가 생각하는 것보다 더 강해진 것 같거든."

스각!

"까악!"

그녀의 팔목이 잘렸다. 피가 튀었지만 얼굴에 닿기 전에 막혔다.

퍼억! 잘린 팔에 놀라 소리치는 그녀를 그대로 걷어차 버렸다. 그대로 바다에 처박히는 그녀.

"블레이드 레인!"

수백 개의 검이 공간을 접하며 생기더니 바닷속에 빠진 그녀를 공격했다.

그런데 어느 것 하나 그녀의 몸을 관통하는 느낌이 없었다.

으득!

"내 생각이 짧았다는 거 인정하지. 진지하게 싸워줄게."

아라는 어느새 맞은편 하늘에 떠 있었다. 그리고 언제 잘린 팔을 찾았는지 마법으로 팔을 붙이며 말했다.

그녀의 광기가 마나를 물들이는 건지 마나가 미친 듯이 날뛰었다.

그녀의 뒤로 웬만한 섬마저도 삼킬 만큼 큰 파도가 일어났다. 그리고 나를 삼키려는 듯 다가왔다.

"쉘! …쉘! 쉘! 쉘!"

그 거대한 파도의 물방울 하나하나가 해머처럼 쉘을 두드렸다. 그러자 쉘은 과자처럼 부서져 내렸다.

살랑~

내 몸 주위에서 가벼운 바람이 일어났다. 그리고 서서히 거대한 회오리가 되어 파도를 집어삼켰다.

파도는 하늘로 올라가 비가 되어 떨어져 내렸다.

본격적으로 마법이 난무했다.

바다가 얼면서 창처럼 올라왔고, 태양처럼 큰 헬파이어가 바다에 박혀 엄청난 수증기를 만들어냈다.

처음엔 내가 조금 밀리는 분위기였다.

아라의 마법 능력은 정말이지 대단했는데, 불에 맞았는데 팔이 얼고 빛인데 살을 벴다. 그러나 당하고 나면 어떤 수법인지 알게 됐다.

그러다 보니 마법으로 상대를 위험하게 만들 순 있어도 죽일 수는 없을 만큼 비등했다.

극과 극은 통한다고 했던가.

마법으로 서로를 상하게 할 수 없음을 알게 되자 결국 아라는 채찍을 들고, 난 검을 들고 싸워야 했다. 마치 뒷골목 깡패처럼.

물론 보기에만 그렇지 그 안에 담겨 있는 흉흉함은 마법으로 싸우는 것과 비교도 되지 않았다.

피하려는데 마법으로 발목을 잡고, 채찍을 검으로 튕겨내는데 어느새 마나의 칼날이 목을 벴다.

촤악! 채찍이 등을 후려쳤다. 살이 파이는 고통을 참으며 그녀의 허벅지에 검을 꼽았다.

"…어떻게 행성에서 태어난 네가 나만큼 강해질 수 있었던 거지?"

그녀는 허벅지를, 나는 등을 치료하는 동안 암묵적인 휴전을 하기로 했다.

"내가 이렇게 된 것도 다 아라 당신 때문이야."

"나 때문이라고?"

"당신이 남겨둔 의지가 피트에게 9서클 마법을 가르쳐 주고, 그 빌어먹을 피트가 자신의 기억을 나에게 남겼지."

"뭐야? 피트의 기억이 너에게 있다고? 난 그가 송미나가 있던 시간대로 간 줄 알았는데?"

"갈 뻔했지. 하지만 실패를 해서 기생체에 몸에 숨어 있다가 나에게로 전해진 거야."

"…결국 소환 의식을 위해 남겨둔 의지로 인해 너란 존재가 태어났다는 거네."

"그래. 만족하나?"

"킥! 3000년 전의 사람과 1000년 전의 사람이 싸우고 있는 거네."

"아니거든. 난 아우스야. 피트가 아니라."

"유희를 할 때 그러한 점이 가장 헷갈리긴 하지. 하지만 결국 나중엔 인식을 하게 되어 있어."

"절대 그런 일은 없을 거야!"

"두고 볼 일이지. 아! 근데 잠깐……! 그럼 마법을 체계화시킨 그 사람은 대체 누구지?"

"뭔 소리야?"

대답은 없었다. 한참 혼자 중얼거리더니 표정이 점점 구겨졌다. 그러곤 혼자 고함을 쳤다.

"말도 안 돼! 내가 진다고? 고작 내 의지의 찌꺼기에 불과한 저놈한테? 용서할 수 없어! 절대 용서할 수 없다고."

조금 멀쩡해지는 것 같더니 다시 광기에 휩싸여 덤벼들었다.

"…미친년."

다시 시작된 혈투.

팔다리가 부러지고 혈인이라고 부를 만큼 잔 상처들이 났음에도 싸움은 멈추지 않았다.

해가 지고 해가 떴다. 그리고 다시 해가 지고 떴다.

다치고 낫기를 얼마나 반복했을까, 어느 순간부터 그녀의 공격이 예측이 가능해지고 굉장히 약해 보이기 시작했다.

푸욱! 아라의 어깨에 검을 꽂았다.

'채찍은 무시하고, 뒷발이 머리 위로.'

가볍게 고개를 숙이며 검을 비틀었다. 그 다음 그녀의 아랫배를 걷어찼다.

"크윽! 컥!"

그 다음부터 아라는 처음 그녀와 붙었을 때의 나처럼 일방적으로 당할 수밖에 없었다.

"마, 말도 안 돼! 도대체 어떻게… 어떻게……."

그녀는 당하면서 자신의 상황이 믿기 어려운지 끊임없이 중얼거리며 반전을 꾀했다.

하지만 난 이미 그녀가 더 이상 나의 적수가 아니라는 사실을 알아버렸다. 그리고 단지 아는 것만으로도 그녀의 모든 것이 보였다.

주먹에 맞아 수십 미터는 족히 날아가는 아라. 그녀의 목을 잡겠다며 손을 뻗자 마치 옆에 있듯이 손에 잡혔다.

그리고 움쩍달싹도 못하게 마나로 그녀를 옭아맸다.

"커억!"

"당신이 졌어, 아라."

"…그런 것 같네."

"이제 그만 하디드에서 몸에서 나와. 그리고 네가 있던 곳으로 가."

"풉! 아까부터 치명타를 입힐 수 있었음에도 망설이던 이유가 이 계집에게 관심이 있어서인가?"

"관심이 있는 게 아냐. 그녀라면 아라교를 잘 이끌 것 같거든."

"…아라교를 없애지 않을 거야?"

"왜 없애야 하지? 실제 아라는 행성의 생명체를 말살시키려는 마왕이지만 신전의 아라는 힘없는 생명도 소중히 하라고 가르치는 신이거든."

"큭큭큭! 그건 내가 만든 교리야."

"맞아. 그러나 그 교리가 얼마나 많은 사람을 살렸을 것 같아? 전염병으로 멸망할 인류를 구한 적도 있었어. 난 당신을 믿는 신녀와 신관들에게 진실을 알려줄 생각은 없어."

"…지독한 인간애군."

"평범해. 아니, 정확하게 얘기하자면 다소 이기적이지. 그저 내 주위 사람들만 안전하면 그걸로 다행이라 위안을 삼거든."

"그래, 인간은 이기적이야. 나 역시 마찬가지거든. 그래서 이 아가씨의 몸을 절대로 내어줄 생각은 없어."

"…당신은 인간이 아니라 신이잖아."

"방금 네가 말했잖아. 가짜 신이지."

미쳤으면 머리라도 조금 나빠질 것이지.

"그럼 어쩔 수 없지. 하디드라면 행성의 생명체를 위해서 기꺼이 죽음을 각오할 거야."

손에 힘을 줬다. 서서히 옆으로 기우는 아라의 머리. 당장에라도 부러질 것처럼 목에 핏줄이 돋았다.

"자, 잠깐! 방법이 있어!"

"허튼소리 할 거면 그냥 죽어."

"있어! 샹카로 돌아가 캡슐 안으로 들어가면 가능해."

팔에 힘을 살짝 뺐다.

"그렇다면 당장 가서……."

갑자기 아라의 몸에서 엄청난 빛이 터져 나왔다. 그리고 그 빛이 날 밀어냈다.

빛이 사라졌을 땐 아라는 사라지고 없었다.

난 그녀가 간 방향을 보며 중얼거렸다.

"캡슐에 그런 기능이 없다는 거 알고 있어."

있었다면 아라가 굳이 귀찮은 방법을 이용해 하디드의 몸을 차지할 이유는 없었을 터.

그녀가 어디를 갔는지 알기에 서두르지 않고 천천히 쫓아갔다.

　　　　　*　　　　　*　　　　　*

털썩!

아라는 차가운 얼음 바닥에 무릎을 꿇었다.

"크윽! 개, 개자식! 몸에 제약을 걸어놨어."

꼭꼭 숨겨놨던 비장의 탈출기를 이용해 아우스의 손에서 벗어난 아라는 얼음 성으로 이동했다.

한데 이동하자마자 몸을 제대로 가눌 수가 없었다.

이대로라면 얼음 성에 숨겨둔 최후의 무기를 사용할 수가 없었다.

전 생명체를 죽일 순 없지만 행성의 절반쯤은 사라지게 할 수 있는 생화학 무기.

퍼뜨리려면 마나가 필요한데 어떤 제약을 걸어놨는지 텔레포트를 하자마자 한 줌의 마나도 없었다.

"이렇게 된 이상 본래의 몸으로 돌아가야 해."

아라는 기다시피 그녀의 관 모양의 캡슐이 있는 곳으로 다가갔다.

버튼을 눌러 패널을 나오게 한 후, 관 속에 누워 있던 원래 몸의 상태를 살폈다.

당시 마루에 의해 터졌던 심장이 인공 심장으로 완벽하게 교체되어 있었다.

만일 죽기 직전에 수술이 성공했었다면 그녀는 살았을 것이다. 그러나 정신이 육체를 떠난 후 교체가 완료가 되었다.

"GF03Aara87373. 치우, 깨어나라."

얼음 성의 컴퓨터를 깨웠다.

―…말씀하십시오.

"당장 모든 방어 시스템을 가동하라. 그리고 지금 정신 카피를 시작하겠다."

―방어 시스템 가동. 한데 정신 카피는 아직 단 한 번의 테스트를 하지 않아…….

"위험성 따윈 나도 알아! 하지만 내가 다른 모습으로 있다는 것이 성공 확률이 높다는 증거야. 당장 준비해!"

흔적을 남기지 않았지만 언제 아우스가 찾으러 올지 몰랐다. 최대한 빨리하는 것이 좋았다.

―2번 캡슐에 누우십시오.

벽에서 새로운 캡슐이 나왔고 하디드의 몸을 한 아라는 그 안으로 들어갔다.

―실패하면 죽을 수 있습니다. 그래도 실행하시겠습니까?

"가장 마지막 이론으로. 실행!"

―실행합니다.

아라는 얼굴을 덮어오는 마스크를 보며 눈을 감았다.

난 시간적인 여유를 주고 얼음 성으로 이동했다.

예상대로 두 개의 캡슐 속에 아라와 하디드가 누워 있었다.

아라를 향해 다가가자 컴퓨터가 시끄럽게 굴었다.

―침입자 발견! 제압합니다.

콰직! 콰곽! 뿌득!

넓은 방 곳곳에서 무기들이 나왔지만 순식간에 고철이 되어버렸다.

―무기 파괴! 더 이상 침입자를 무력화시킬 무기가 없습니다.

"그럼 다 날려 버리기 전에 닥치고 좀 있어."

협박이 통하는 건지 조용해졌다.

하디드에겐 미안하지만 그냥 바다 위에서 죽여 버리려고 했었다.

그러다 얼음 성과 관련된 피트의 기억을 떠올리곤 시도를 해본 것이다.

죽기 전 아라가 간과한 일이 있었다. 얼음 성에 오는 이가 얼음 성에 설치된 이계의 기술을 알아보지 못할 거라 착각한 것이다.

피트는 미나와 함께였고, 미나는 컴퓨터가 무엇인지 알고 있는 사람이었다.

피트와 미나는 얼음 성 곳곳을 뒤졌다. 그리고 아라가 만들어둔 생화학 무기를 찾아내기도 했고 캡슐 속에 있는 아라가 살아 있다는 것도 알게 되었다.

생화학 무기는 피트가 이미 천 년 전 용암 속에 던져 버렸다는 것을 아라는 알고 있을까?

"이제 이 지독한 고리를 끝내자, 아라."

캡슐 속에 죽은 듯이 누워 있는 아라를 보고 중얼거렸다.

물론 당장 죽일 생각은 없다. 그녀의 깨어나면 그녀를, 아니면 하디드까지 먼지로 만들어 버릴 생각이었다.

얼마나 지났을까. '삐빅' 하는 기계음과 함께 캡슐 속에 있던 아라가 눈을 떴다.

눈앞에 있는 나를 보고 놀랄 거라 생각했는데 이 상황을 예상이라도 한 건지 담담했다.

"내가 어떻게 할지 알면서 꽤 담담하네?"

"왜, 놀라는 척이라도 해줄까?"

"그건 아니고. 근데 원래의 몸을 찾아서 그런가, 광기가 보이지 않는군."

하디드의 몸에 있을 때만 하더라도 광기 덩어리라고 불러도 손색이 없었다. 한데 지금은 말끔하다.

아라가 거짓말을 하고 있다고 볼 수도 있지만 자신을 속이는 것은 불가능하다.

"없어졌다고 하면 믿을래?"

"응, 믿어. 근데 살려둘 수는 없어. 당신을 제어할 자신이 없거든."

"냉정하네."

지금 상태가 쭉 지속이 된다면 살려줘도 될 것 같다. 그만큼 그녀는 지금 순수했다.

　아마 그녀가 처음 이 행성에 도착해서 생명의 씨앗을 뿌리던 그때의 모습이 이러지 않았을까 싶다. 그러나 그녀가 다시 미치기라도 한다면 그땐 감당할 수 있을지 미지수였다.

　"미안. 솔직한 심정이야."

　"미안하지 않아도 돼. 살려준다고 했어도 이 몸으론 살 수가 없어."

　"멀쩡한 것… 이 아니네."

　언제부터였을까. 겉으로 보기엔 멀쩡하지만 그녀의 몸이 내부로부터 서서히 썩어가고 있었다.

　"정신 이동의 부작용인가?"

　"아니. 캡슐 속에 있다고 해서 무한대로 살 수 있는 건 아니야. 중간에 전원이 잠깐 꺼졌다가 켜졌을 수도 있고. 함정의 선원들도 캡슐 속에 있었지만 버티지 못했거든."

　"죽는 걸 알게 되어서 광기가 사라졌나 보네."

　"그건 아니고."

　"그럼?"

　"비밀. 하지만 얼마 후에 알게 될 거야."

　"쩝! 스무고개는 질색인데. 고통스러우면 말해. 조용히 보내줄게."

　"전혀. 그냥 스스로 죽고 싶어. 다만 끝까지 지켜봐 줬으면 좋겠어."

"…그렇게."

대답은 했지만 따뜻한 눈빛이 영 부담스럽다. 마치 연인, 아니, 엔트 할아버지가 에리안을 보는 눈빛과 비슷했다.

시선을 피해 다른 곳을 보고 있는데 아라가 말했다.

"한 가지 부탁이 있어."

"말해."

"내가 죽으면 태워서 바다에 뿌려줘. 그저 먼지에 불과하지만 이 행성의 일부이고 싶어."

"그렇게."

"고마워. 부탁을 들어주는 대신 너에게 선물을 줄게. 이곳과 샹카의 모든 권한을 너에게 줄게."

"…왜?"

"그건… 큭! 정말 얼마 남지 않았네."

그녀의 아름다운 육체가 서서히 쭈글쭈글해져 가고 있었다. 그리고 그와 함께 생명력이 급속도로 사라지고 있었다.

"…그 이유 또한 알게… 될 거야. 미안한데 한 가지만 더 부탁하자. 이제야 생각이 나네."

"들어줄게. 말해."

"손을 쓰지 않으려면 아예… 쓰지 마. …다만 쓰려면 확실하게 써. 어설픈… 인정이… 더 큰… 피해를… 가져올… 수 있어……."

"무슨 말인지 모르겠네. 이제 내가 힘을 쓸 일이 과연 있을까?"

"…있을 거야. 부디… 나를 기억해서라도… 하나로 만들어서 …지배해. …반드시……."

"그런 일이 있으면 그럴게."

"…널 보고 …죽을 수 …있어서 다행… 내 아… 들… 미르야……."

아라는 미라처럼 변해서 죽었다. 신이자 마왕의 죽음치곤 꽤 허무했다.

그러나 마지막까지 그녀는 웃고 있었다.

"…마지막에 아들이라도 본 모양이네."

기쁘지도 슬프지도 않았다. 그저 마지막에 했던 알 수 없는 말들이 벌써부터 머릿속을 맴돌았다.

"쯧! 이놈의 고질병. 곧 알게 된다고 했으니 알게 되겠지. 야! 컴퓨터, 너 이름이 뭐냐?"

―치우입니다.

"내 말에 절대 복종하게 되어 있나?"

―그렇습니다.

"좋아. 그럼 일단 이 캡슐 좀 열어. 화장을 해서 바다에 뿌려줘야 하니까. 얼른! 급해."

아라는 죽었지만 그녀가 어지럽혀 놓은 일들을 정리를 해야 했다.

*　　　*　　　*

아우스가 도착해서 무기를 부수었을 때, 때를 같이해 정신 이동에 성공한 아라의 정신이 깨어났다.

한데 육체에 대한 지배가 쉽지 않았다. 뭐랄까, 고장 난 기계를 조작하는 느낌이랄까.

[빌어먹을! 치우 내 말이 들리나?]

—[예. 뇌의 변화를 감지해 들을 수 있습니다.]

[얼른 육체에 대한 정밀 검사를 해봐.]

—[알겠습니다.]

그리고 잠시 후 치우의 말이 들려왔다.

—[대기 모드로 있는 동안 캡슐에 이상이 생긴 것 같습니다. 현재 몸이 붕괴가 되고 있습니다.]

[아……! 치료는?]

무슨 대답이 나올지 알면서도 물었다.

—[불가능합니다.]

[다시 원래의 몸으로 돌아가는 건?]

—[에너지를 채우려면 시간이 필요합니다. 그러나 그전에 몸이 붕괴될 겁니다. 그리고 이론엔 카피라고 되어 있지만 이동이 된 것 같습니다. 전의 몸의 뇌파와 전혀 다릅니다.]

[…쓸데없는 소리는 말고 샹카의 메인 컴퓨터와 연결하도

록 해.]

곧바로 함정의 메인 컴퓨터와 연결되었다.

―[말씀하십시오, 아라 님.]

[함정의 에너지포를 아우스의 가족들이 있는 곳을 겨눠. 그리고 내가 말하는 순간 발사시켜.]

혼자서는 절대 죽을 수 없었다.

―[명령대로 하겠습니다.]

[그리고 치우는 생화학 무기를 준비해.]

―[알겠… 생화학 무기가 없습니다. 누군가가 없애 버린 것 같습니다.]

[도대체 어떤 놈이……! 메인 컴퓨터, 함정의 에너지포를 이용하면 얼마나 많은 대륙을 날릴 수 있지?]

―[아라 님이 폭파시킨 발전소는 수리 중이라 현재 겨누고 있는 곳을 제외하곤 불가능합니다.]

아우스의 가족들로만 만족해야 할 모양이다.

서서히 정신이 육체에 고착화되어 갔다. 이제 아우스와 담판을 지을 때였다. 근데 그때 메인 컴퓨터의 목소리가 들렸다.

―[피에 대한 분석 결과는 어떻게 하겠습니까?]

[아우스의 피 말이지?]

자신이 죽으면 이제 의미 없는 것이었다. 그러나 미르와 관련이 있는 일이다 보니 궁금했다.

[치우, 미르에 대한 DNA 정보를 메인 컴퓨터로 보내줘. 메

인 컴퓨터는 비교해 보고.]

―[지금 비교합니다. …나왔습니다.]

결과는 금세 나왔다.

[어때?]

―[99퍼센트 일치합니다.]

[…응? 아우스의 DNA와 미르의 DNA가 일치한다는 거야?]

―[그렇습니다.]

[어떻게…….]

미르의 DNA가 특이한 것이긴 했다. 자신과 마루의 유전자
에 미친척하고 우주 항해 중 변형된 유전자를 합쳐서 만든 것
이다.

[그렇다면 아우스가……?]

―[예. 미르 님과 DNA 측면에선 같은 사람입니다.]

[…하아…….]

오랜 세월을 살았지만 이런 일이 생길 거라곤 정말 상상도
못 했다.

[…나에게 시간이 얼마나 남았지?]

―[10분입니다. 더 빨리 붕괴될 수도 있습니다.]

[알았다. 에너지포에 대한 명령은 거둔다. 또한 내가 죽는
순간부터 너희 둘에 대한 모든 권한은 아우스가 가진다.]

―[알겠습니다.]

―[알겠습니다.]

아라는 몇 가지 명령을 더 내린 후 심호흡을 했다. 그리고 눈을 떴다.

자신을 바라보고 있는 아우스가 보였다.

'이제야 미르가 성인이 되었을 때가 상상이 되네. 널 눈에 담고 갈 수 있어 다행이다, 아우스.'

아라는 자신을 지탱하던 모든 분노와 광기가 사라짐을 느끼며 아우스를 향해 웃었다.

*   *   *

"···드, 드래곤 웜입니다."

병사의 절망적인 외침에 몰린은 충혈된 눈으로 그가 가리킨 방향을 봤다.

죽은 몬스터의 시체를 집어삼키며 다가오는 거대한 지렁이.

다른 영지에서는 모를까, 멜보엔 저 괴물을 막을 만한 사람이 없었다.

드래곤 웜을 손쉽게 잡을 수 있다는 포탄과 수탄이라도 있으면 좋겠지만 전쟁을 겪지 않은 도란스 삼국엔 재고가 없었다.

"···내가 맡겠다."

기사단장인 디킨이 나섰다.

"마나도 없으시지 않으십니까? 차라리 제가 나서겠습니다."

오랜 싸움으로 인해 두 사람 모두 이미 지친 상태였다. 지금까지 버틴 건 몬스터도 그만큼 줄었기 때문이다.

"아직 조금 남았네. 그리고 아직까진 내가 자네보다 좀 더 강하지 않나."

"사실 그동안 제가 져드린 겁니다."

"허어~ 이번 일 끝나고서 제대로 붙어봐야겠군. 아무튼 내가 막고 있는 동안 자넨 주민들과 함께 탈출하게. 솔직히 저 괴물은 내가 이길 자신이 없군."

"단장님……."

"어서! 명령일세! 한시라도 빨리 움직이는 게 한 명이라도 더 살리는 길이야."

"…알겠습니다."

몰린은 마지막이 될지도 모르는 인사를 했다. 그리고 돌아서려는데 아까 외쳤던 병사가 다시 외쳤다.

"저, 저기 보십시오. 한 마리가 아닙니다."

드래곤 웜은 두 마리였다.

"…싸울 필요가 없었군요."

"그렇군. 다케!"

"예! 단장님."

"우리가 막고 있을 동안에 자네가 백성들 피신을 맡게. 지금 당장 움직여!"

"알겠습니다!"

"병사들도 모두 다케 경을 따라간다."

성벽을 지키던 기사와 병사들은 잠깐 주춤거리다가 서둘러 다케 경을 따라 뛰어갔다.

디킨은 그 모습을 지켜보다가 몰린에게 말했다.

"누가 먼저 죽이나 술 내기 어떤가?"

"저에게 술을 사주고 싶으신 모양이군요."

"…끝까지 자신만만이군. 자! 성벽이 남아 있을 때 가세나. 그래야 피신하기가 좋지."

"예! 단장님."

몰린은 검을 뽑았다. 그리고 잠시 하늘을 봤다. 오늘따라 왜 이렇게 날씨도 좋은 건지.

'아라 님, 정녕 우리 멜보를 버리시는 겁니까? 저의 목숨은 가져가도 좋습니다. 다만 주민들과 아이들만은 부디 돌봐주십시오.'

기도를 마치고 막 움직이려는 찰나, 하늘에서 빛이 서서히 내려왔다.

얼마나 밝은지 눈이 부셔 쳐다보기 힘들 정도였다.

무서운 드래곤 웜들도 그 빛이 두려운 듯 속도를 멈추고 움직이지 않았다.

잠시 후 빛에서 떨어져 나온 작은 빛이 몬스터들 앞으로 가더니 소용돌이치는 게이트를 만들어냈다. 그리고 몬스터들이 그 안으로 들어갔다.

"모, 몬스터들이 돌아가고 있습니다."

"…나도 보고 있네."

"조금 전 아라 님께 기도를 했는데 제 기도를 들어주셨나 봅니다."

"…나도 했다네."

몰린과 디킨은 서로를 바라보며 잠시 눈빛을 교환하다가 갑자기 웃음을 터뜨렸다.

"하하하하!"

"허허허허!"

몬스터와의 전쟁이 끝났음을 알리는 듯한 시원한 웃음이었다.

에필로그

몬스터 웨이브라 칭해지는 사건이 일어난 지 7년.

수많은 이가 죽고 수많은 영지가 괴멸되거나 사라지는 일을 겪었지만 시간은 천천히 그때의 기억과 흔적들을 지워가고 있었다.

"신녀님! 신녀님! 저거 보세요! 저게 기차예요."

신녀라는 아이의 외침에 역에서 기차를 기다리고 있던 이들이 한 여자와 소녀를 물끄러미 바라봤다. 그러나 그들의 행색을 보고 곧 관심을 끊었다.

신녀가 초라한 여행자 복장을 하고 있을 리가 없었고, 얼마 후에 있을 아라교 축복 행사를 놔두고 이곳에 있을 리도 없었기 때문이다.

사람들의 시선이 사라지자 로브에 달린 후드를 푹 눌러쓴 여자가 아이에게 말했다.

"에밀리, 이제부터 날 뭐라고 불러야 한다고 했지?"

"아! …하디드 님이요."

"그래. 네가 자꾸 날 신녀라고 부르면 새로 자리에 오른 아라 신녀님께서 얼마나 슬프겠니."

"그러네요. 죄송해요, 신녀… 하디드 님."

"그래, 착하구나."

하디드는 에밀리의 머리를 쓰다듬어 주었다.

"그나저나 네 말대로 기차라는 게 대단하구나. 저렇게 큰 것이 움직이니 말이다."

"고향 신전에서 아라 시티 신전으로 올 때 타봤는데 엄청 재미있었어요."

"그렇구나. 그럼 우리도 기차 타고 다음 도시까지 가볼까?"

"좋아요!"

하디드는 표를 끊고 승강장으로 가서 기차에 올랐다.

의자에 앉아 기다리고 있자, 잠시 후 출발한다는 소리와 함께 기차가 움직였다.

"움직여요! 신… 하디드 님."

"호호! 나도 알고 있단다."

창문에 달라붙어 바깥 풍경을 구경하는 에밀리의 머리를

쓰다듬어 준 하디드는 의자에 머리를 기대곤 눈을 감고 지난 일을 돌이켜 보았다.

아라에게 준 몸을 되찾으려고 노력했지만 다시 정신을 잃어야 했던 그녀.

한데 다시 눈을 떴을 땐 아라 시티의 신전이었다.

모든 게 정상으로 돌아와 있었다. 아라의 정신은 사라졌고 아라가 풀어놓은 몬스터도 모두 원래 있던 곳으로 돌아갔다.

혹시나 아라가 몬스터를 푼 걸 알고 사람들이 아라교 신전을 공격하면 어쩌나 걱정했지만 어찌 된 일인지 몬스터 웨이브는 아라가 막은 걸로 되어 있었다.

얼마 지나지 않아 아우스가 아라는 제거했지만 아라교는 유지되도록 해줬음을 알게 되기 전까진 꽤 많은 고민을 했다.

아무튼 모든 것이 잘되었음을 알게 된 그녀는 그때부터 다시 신녀가 되어 아라교를 이끌었다.

그리고 7년.

불합리한 것들을 없애고 인간을 사랑하라는 교리를 더욱 확고하게 만든 그녀는 미련 없이 신녀의 자리에서 물러났다.

신녀 교체 주기를 20년으로 바꿨기에 더 해도 상관없었다. 그러나 하디드는 자신이 신녀를 하기엔 아라에 대한 믿음이 없다는 것을 너무 잘 알았다.

'그는 잘 살고 있을까?'

1년에 한 번 축복 행사 때마다 아라 신을 흉내 내어 축복을 내려주는 이가 아우스임을 안다. 개인적으로 얘기를 걸었지만 대답이 돌아온 적은 한 번도 없었다.

"이 사람아, 정말이라니까! 플린 왕국 최고의 휴양지인 프링크 영지로 가게 되면 꼭 들러봐. 완전 신세계라니까. 그 일대의 가게들 역시 정말 맛있어."

대각선 자리에서 큰 소리로 떠드는 콧수염 사내 때문에 상념에서 깨어났다.

"에이~ 아무리 맛있다고 귀족들까지 줄을 서서 먹을 리가 있나."

"진짜라니까. 내가 갔을 때 귀족들이 서성이고 있었어. 만일 내가 귀족이라도 그런 특이하고 맛있는 음식을 먹을 수 있다면 기다릴 수 있어. 게다가 기다리는 시간도 지루하지 않아. 조각상을 구경하다 보면 금세 내 차례가 된다니까?"

"그래? 그럼 내년 휴가는 프링크 영지로 가봐?"

"나도 내년에 다시 갈 거야."

"그럼 같이 가지. 만일 아니면 각오해."

"진짜면 음식값은 자네가 내는 거야."

콧수염 사내의 말은 사실이다.

신전에 있으면 신도들로부터 많은 얘기를 들을 수 있는데 3년 전부터 프링크 영지의 음식점 거리에 대한 얘기가 들렸다.

"…저도 그 가게에 가보고 싶어요, 하디드 님."

똑같은 풍경이 반복되자 지겨워졌는지 에밀리도 남자들의

얘기에 집중하고 있었다.

"곧 볼 수 있을 거야, 에밀리."

"네? 진짜요?"

"그럼. 지금 그쪽으로 가려고 하고 있거든."

"하디드 님도 그곳의 음식이 먹고 싶었어요?"

"그럼. 만나야 할 사람도 있고……."

"이야, 신난다! 나중에 아이들에게 자랑을 해야지."

신이 난 에밀리는 순간 하디드의 표정이 어두워지는 걸 보지 못했다.

텔레포트 탑이 있음에도 기차가 발달할 수 있었던 건 물류의 이동이 텔레포트 탑과 비교도 안 될 만큼 많고 값이 쌌기 때문이다.

그러나 국가 간, 혹은 장거리 이동엔 텔레포트 탑이 훨씬 효율이 좋았다.

물론 가장 좋은 건 스스로 텔레포트 마법을 사용하는 것이지만 말이다.

기차역에서 내린 하디드는 텔레포트를 이용해 플린 왕국으로 이동했다. 그리고 프링크 영지를 가본 적이 없었기에 근처 영지에서 텔레포트 탑을 이용했다.

"와! 여기 사람 정말 많아요, 하디드 님."

에밀리의 말처럼 왕국의 수도만큼 큰 텔레포트 탑은 들어오는 사람과 떠나는 사람들로 북새통을 이루고 있었다.

밖에도 사람이 많기는 마찬가지였다. 대부분 휴가를 즐기러 온 사람들인지 복장이 제각각이었다.

막 문을 통과했을 때, 두 명의 기사가 적의가 없다는 걸 나타내듯이 양손을 살짝 든 채 다가왔다.

"프링크 영지에 오신 걸 환영합니다, 신관님."

"무슨 일이시죠?"

"그저 어떤 문제가 발생했을 때 저희에게 맡겨주셨으면 하고요. 신관님께서 움직이시면 저희 영지가 위험해지지 않겠습니까."

마치 그녀가 8서클 마도사라는 걸 아는 말투다.

어떻게 아는지 궁금했지만 어차피 조용히 있다가 갈 생각이었기에 그러겠노라 답했다.

"해안가 음식점 거리를 가려면 어떻게 가야 할까요?"

"이 길을 따라 쭉 가면 외성 나가는 문이 보일 겁니다. 그 문을 나서서 큰길로 걸으면 해변인데 그 해변 끝부분에 송림이 있습니다. 그곳입니다. 혹시 해안을 걷지 않을 생각이면 외성 입구에 있는 이동 버스를 이용하시면 됩니다. 30분은 족히 걸어야 하거든요."

"버스요?"

"그냥 많은 사람이 탈 수 있는 마나차라고 생각하시면 됩니다."

"고마워요."

기사의 말대로 외성문을 나서자 많은 이가 탈 수 있는 차가 보였다.

"음식점 거리로 가실 분은 버스를 타십시오! 곧 출발합니다. 공짜입니다."

그 차에 오르자 잠시 후 서서히 움직이기 시작했다.

"하디드 님, 여긴 신기한 게 참 많아요. 이 차도 그렇지만 저기 큰 건물은 대체 뭘까요?"

"글쎄다."

에밀리가 가리킨 곳엔 뾰족한 탑 같은 것이 지어지고 있었다.

하디드가 대답을 못 하자 앞에 앉아 있던 젊은 여자가 대답을 해줬다.

"저건 전망대야. 영지 전체를 볼 수 있지. 또한 각종 즐길 거리가 구비될 거란다. 숙박하는 이들이 지루하지 않게 말이야."

"나중에 커서 꼭 저곳에 머물고 싶어요. 근데 혹시 귀족분들만 사용할 수 있는 건 아닌가요?"

"분리는 되어 있지만 누구든 돈만 있으면 즐길 수 있단다."

"다행이네요."

여자는 영지민인지 에밀리가 신기해하는 것들을 설명해 주었다. 그러는 사이에 식당 거리에 도착했다.

가장 먼저 반기는 건 맛있는 냄새들이었다.

수많은 이가 여러 음식점 앞에서 줄을 서 있었고, 지나가는 이들은 손에 뭔가를 하나씩 들고 다녔다.

하디드는 에밀리의 손을 잡고 가장 안쪽으로 들어갔다. 그리고 마침내 아우스가 운영하고 있는 음식점—마치 공원 같은—이 나왔다.

입구부터 줄 서 있는 사람이 많았다. 뭔가를 나눠주고 있었는데 기다렸다가 받아보니 대기 번호표였다.

"안에 들어가서 조각상을 보면서 기다리시면 덜 지루하실 겁니다."

번호표를 나눠주는 청년이 말했다.

그러겠노라 대답하고 안으로 들어가는데 갑자기 그 청년이 불렀다.

"레이디! 레이디께선 혹시 신관님 아니십니까?"

"그런데요."

"아! 역시 그렇군요. 혹시나 해서 여쭈어봤는데. 두 분은 기다릴 필요 없이 안으로 들어가시면 됩니다. 대공님께서 기다리고 계십니다."

"아우스님이요?"

"네. 저기 보이는 파란색 문으로 들어가시면 됩니다."

올 줄 알고 있었나 보다. 하긴, 그러면 텔레포트 탑에서 내리자마자 알았을 것이다.

파란 문으로 들어가자 긴 복도가 나왔다. 인기척이 느껴지는 복도 안쪽으로 걸어가는데 맞은편에서 하얀색 요리사복을 입은 아우스가 나타났다.

"하디드, 오랜만이야. 이쪽으로 와. 네가 올 줄 알고 음식 몇 개 준비해 놨어."

"오랜만이에요, 아우스 경, 아니, 대공."

"그냥 편하게 아우스라고 불러. 말도 편히 하고. 비밀을 공유한 사람끼리 딱딱하게 굴 필요 없잖아."

"…그래, 그러자."

아우스가 가리킨 방으로 들어가자 식탁이 놓여 있었고 그 위에 몇 가지 음식이 준비되어 있었다.

"먹어. 가장 잘나가는 것들 위주로 만들어봤어. 근데 이 아이 때문에 온 거야?"

"…겸사겸사. 에밀리가 많이 아프거든."

하디드가 신전을 떠나면서 에밀리를 데리고 온 건 그녀가 죽을병에 걸려서였다. 치료 마법을 쓰면 더 심해져 신전에서도 손을 쓸 수가 없었다.

"걱정 마. 내가 아는 병이네. 에밀리, 아저씨가 금방 낫게 해줄게."

"아저씨가 아니라 오빠 같은데요."

"하하하! 조금 젊어 보이는 것뿐이란다. 알고 보면 에밀리 같은 애들이 6명이나 있어."

에밀리와 말 상대를 해주는 아우스는 영락없이 아빠 얼굴을 하고 있었다.

"행복해 보여, 아우스."

"그래? 그렇게 보인다니 다행이네. 어떻게 살아야 행복할지 항상 고민하고 있거든. 근데 넌 평생 신녀로 살 줄 알았더니."

"신을 믿지 않게 됐거든."

"쩝! 역시 아라의 기억이 남았나 보네."

"같이 있을 때의 기억만. 그래서 신전에 계속 있을 수가 없었어. 떠날 걸 생각하니 떠오르는 게 너밖에 없더라."

하디드는 입안에 맴도는 말을 쉽게 뱉지 못하고 잠시 머뭇거렸다. 그러다 결심을 했는지 입을 열었다.

"…이곳에 머물러도 될까?"

"머무는 건 상관없어. 다만 혹시라도 나에게 마음이 있다면 그건 힘들 거야. 훗! 드센 부인이 셋이거든. 거기에 더 이상 여자를 늘리지 않겠다고 약속한 남자도 한 명 있고."

"일단 머물면서 한 명씩 천천히 설득해 보지, 뭐. 시간은 많으니까. 마음이 변할 수도 있고."

"그런 마인드면 잘 지낼 수 있을 거야. 어서 먹어. 음식 식겠다."

그제야 하디드는 소문의 음식을 입에 넣었다.

*　　　*　　　*

창밖으로 거대 마법 비행체가 날아다니는 것이 보이는 고층의 빌딩.

고급스럽게 꾸며진 방에 베루가 마지막 숨을 거칠게 몰아쉬고 있다.

"하아~ 하아~ 아우스, 혼자 남겨놓고 가서 미안해."

"아냐, 베루. 네가 없었으면 훨씬 오래전부터 혼자였을 거야."

"영원히 당신과 함께하고 팠는데."

"내가 끝까지 당신을 기억하고 있을게."

"…그거면 돼요. 그리고 이제 다른 여자 만나는 거 허락할게요."

"후후후! 고마워. 근데 이제 혼자 살려고. 보내는 게 너무 가슴 아프네."

"…피이~ 거짓말……. 저 보기 흉하죠?"

"전혀. 샹카에서 처음 봤을 때와 똑같아."

내 마음속에는, 이라는 말은 굳이 하지 않았다. 진심을 읽는 그녀가 모를 리가 없었다.

"…사랑해요, 아우스."

"나도 사랑해, 베루."

"……."

베루의 심장이 멈췄다.

부인을 보내는 것만 벌써 네 번째. 아이들과 그 자손들까지

치면 수를 세기 어렵다.

"메인 컴퓨터."

―예, 아우스 님.

"베루의 장례식이 끝나면 이계로 떠나야겠다."

―실패할 수도 있습니다.

"그건 그것대로 좋고."

―준비하겠습니다.

"내가 떠나면 네가 아이들과 그 자손들을 돌봐줘. 그리고 제한된 권한으로 하이엘프의 명을 받도록."

―알겠습니다.

이미 오래전부터 준비를 해뒀던 일이기에 더 말할 필요는 없었다.

이계로 떠나려는 이유는 간단했다. 피트의 기억이 여전히 떠나라고 말하고 있기 때문이다.

물론 거부를 할 수도 있다. 하지만 이곳에선 더 이상 할 일이 없었다.

베루의 장례식을 마치고 얼음 성으로 갔다. 모든 준비는 완료된 상태.

옛날 에리안을 구하러 왔을 때가 떠올랐다. 잠시 그녀를 생각하던 난 곧 상념을 털어내고 말했다.

"시작하자."

마법진의 중앙에 섰다. 그리고 마법진에 마나를 아낌없이
부었다.

새하얗게 변하는 세상.

시간이 거꾸로 흘렀다. 그리고 마침내 송미나가 넘어왔던
시간으로 돌아갔다.

상당히 묘한 느낌이었다. 몸이 넘어온 건지 정신이 넘어온
건지 모르겠다. 부유하듯이 미나가 넘어온 장소로 이동했다.

앞에 정신을 잃고 있는 미나가 보였고 그 뒤에 검은 홀이
보였다.

이제 들어가면 이 세계와는 끝이다.

죽을 수도 있었다.

그러나 난 결과를 짐작하고 있었다. 아라 역시 알고 있었을
것이다.

잠깐 미나를 보는 걸 끝으로 검은 홀로 몸을 날렸다. 새하
얀 빛이 날 삼켰다.

『아우스:마도 시대의 시작』 완결

지금까지 아우스를 읽어주신 모든 분께 백배 감사드립니다.

사실 여러 가지 일 때문에 연재를 중단하고 일이 해결된 후 다시 연재할까도 생각했었습니다.

하지만 써보는 데까지 써보자는 생각에 결국 마무리를 짓게 되었네요.

워낙 급박하게 쓰다 보니 스스로 생각해도 부족함이 많았습니다.

죄송합니다.

다음부터 더 많은 준비를 하고 글을 쓰도록 노력하겠습니다.

끝으로 청어람 분들에게 감사를 드리며 글을 줄이겠습니다.

이제부터 전자책은

이젠북

www.ezenbook.co.kr

새로운 세계가 열린다!

김재한『성운을 먹는 자』	철백『대무사』
니콜로『마왕의 게임』	가프『궁극의 쉐프』
이경영『그라니트:용들의 땅』	문용신『절대호위』
탁목조『일곱 번째 달의 무르무르』	천지무천『변혁 1990』
강성곤『메이저리거』	SOKIN『코더 이용호』

이름만 들어도 황홀할 정도의 별들의 향연!
이들의 "유료연재"가 시작됩니다!

검색창에 **이젠북**을 쳐보세요! ▼

초대형 24시 만화방

신간 100%, 샤워실, 흡연실, 수면실(침대석), 커플석, 세탁기 완비

▪ 광명 광명사거리역점 ▪

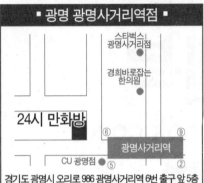

경기도 광명시 오리로 986 광명사거리역 6번 출구 앞 5층
02) 2625-9940 (솔목타워 5층)

▪ 강북 노원역점 ▪

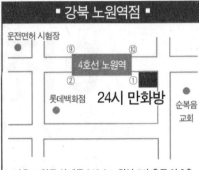

서울 노원구 상계동 340-6 노원역 1번 출구 앞 3층
02) 951-8324 (화용빌딩 3층)

▪ 일산 정발산역점 ▪

경찰서 정발산역

제2 공영주차장 롯데백화점

24시 만화방

E C A
라페스타
F D B

라페스타 E동 건너편 먹자골목 내 객잔건물 5층
031) 914-1957

▪ 일산 화정역점 ▪

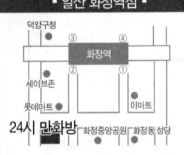

경기도 고양시 덕양구 화정동 984번지 서일빌딩 7층
031) 979-4874 (서일사우나 건물 7층)

▪ 부천 역곡역점 ▪

역곡남부역 기업은행 건물 3층
032) 665-5525

▪ 부평역점 ▪

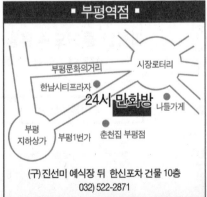

(구) 진선미 예식장 뒤 한신포차 건물 10층
032) 522-2871